Wolfgang Marschall

Von Herrn Behrens, seiner Frau

und anderen Leuten

manchmal aufregende aber meistens humorvolle
Geschichten des Alltags

FSC
www.fsc.org
MIX
Papier aus ver-
antwortungsvollen
Quellen
Paper from
responsible sources
FSC® C105338

Wolfgang Marschall

„Von Herrn Behrens, seiner Frau und anderen Leuten"

Herstellung und Verlag:
Bod - Books on Demand, Norderstedt
ISBN: 9783735761712

1. Auflage 2014

Inhalt

Keks zum Kaffee

Unlängst, an einem Nachmittag, betraten Herr Behrens und seine Frau ein Cafe in einem Bremer Park. Woher sie stammen spielt hier und in der weiteren Folge keine Rolle.
Sie hatten den warmen Sommertag genutzt und sind auf den schönen Wegen zwischen den vielen bunten Blumen spazieren gegangen. Jetzt sind sie ermattet und Durst haben sie auch bekommen.

Gut besucht ist das Restaurant, man könnte meinen, dass ganz Bremen hier Platz genommen hat. Gerade jedoch, als sie auf die total belegte Terrasse traten, wird ein Tisch mit wunderbarem Ausblick auf den angrenzenden kleinen See frei. Oh, was haben wir uns gefreut, erinnern sich Herr Behrens und seine Frau später, das passte, jetzt konnten wir den Tag ruhig ausklingen lassen, ohne uns über irgend etwas zu ärgern. Ja, wir wollten uns nur schöne Gedanken machen und in Ruhe eine Tasse Kaffee trinken.

„Und dann das, sagt die Frau von Herr Behrens zu ihrem Mann, kaum dass wir saßen musste ich mich dann doch noch fürchterlich ärgern".

Also, am Ober hat es nicht gelegen, der war wirklich flink und freundlich. Ohne große Wartezeit dampfte schon bald das schwarze Gebräu vor uns auf dem Tisch und alles wäre gut gewesen wenn da nicht das Ärgernis gewesen wäre.

Fein in Kunststoff verpackt, lag es auf der kleinen Untertasse, genau vor meinen Augen, sagt

die Frau von Herrn Behrens, ein „CoffeeCookie".

„Anfangs glaubte ich erst an eine Rateaufgabe oder ein Horoskop wie bei den Japanern", doch dann fühlte ich, dass es sich um einen kleinen Keks handelte". „Das war ja nicht so schlimm, aber richtig geärgert habe ich mich dann über die Rückseite der Verpackung".

„Du kannst dich sicherlich erinnern was ich mich aufgeregt habe". Dort wurde doch beschrieben woraus dieser Keks hergestellt ist. Aber, und das ist doch eine Frechheit, der deutsche Kekshersteller aus Mayen beschrieb sein Produkt nur in italienischer und niederländischer Sprache.

Ⓘ BISCOTTI CARAMELLATI / Ingredienti: farina di frumento, zucchero, grasso vegetale, sciroppo di glucosio-fruttosio, sciroppo di zucchero al caramello, farina di soia, cannella, sale, emulsionante (lecitina di soia), agente lievitante (carbonati di sodio). Può contenere tracce d'uovo, latte, noci e mandorle.

Ⓝⓛ KARAMEL KOEKJE / Ingrediënten: tarwemeel, suiker, plantaardig vet, glucose-fructose-stroop, karamel-stroop, sojameel, kaneel, zout, emulgator (soja lecithine), bakrijsmiddel (natriumcarbonaten). Kan sporen van ei, melk, noten en amandelen bevatten.

Netto Gewicht • Net weight • Poids net • Peso netto • Netto gewicht: **6g** ℮ ♻

Stenger Waffeln GmbH • D-56727 Mayen • www.stenger-waffeln.de

Hundebesitzer ganz allgemein

Sie saßen schon längere Zeit am Tisch zusammen, hatten aber bisher noch kein Wort miteinander gesprochen, als Herr Behrens plötzlich zu seiner Frau sagte: "Findest du nicht auch, dass Hundebesitzer ganz allgemein echte Tierfreunde sind und dass sie ihre täglichen Begleiter heiß und innig lieben"? "Wie kommst du denn plötzlich da drauf, antwortet verwundert Frau Behrens. "Na ja, das kann ich dir mal ganz genau erklären".

"Also, ganz oft habe ich schon gesehen, wie sie hingebungsvoll neben ihrem Tier her laufen, meistens allerdings schweigend. Manchmal aber treffen sie einen anderen Hundefreund. Dann begrüßt man sich freundlich, tauscht ein paar Artigkeiten aus, lobt den fremden Hund, und klagt, bevor man weiter geht, ein bisschen über das Bremer Wetter.

"Anders ist es allerdings, finde ich, bei den ganz großen Tierliebhabern, also die die gleich zwei Hunde spazieren führen". "Die haben es unheimlich schwer, die kommen bei ihrem Spaziergang nämlich so richtig außer Atem".

"Großartig sieht es aus, sagt Herr Behrens zu seiner Frau, wenn sie beide Arme, regelrecht versteift, weit nach vorn gestreckt haben und dabei den Griff der beiden Hundeleinen in jeder Hand festhaltend, als müssten sie bei Sturm mit einem Lenkdrachen kämpfen". "Die Tiere zerren ja pausenlos an den Leinen, geben keine Ruhe".

Breitbeinig und in bedenklicher Rückenlage stemmen sie sich so gegen diese Gewalt" "Ja, man kann es deutlich sehen, der wahre Hundefreund nimmt das alles gern in Kauf, er opfert sich halt für sein Tier auf".

"Und, sagt Herr Behrens zu seiner Frau weiter, wahre Hundefreunde kümmern sich von morgens bis abends um das Wohlergehen ihres Lieblings".

"Sie machen sich permanent Sorgen über das richtige Futter, um das besondere Geschmacks-erlebnis für ihren anspruchsvollen Vierbeiner". Natürlich kaufen sie nur Futter ohne Gentechnik, Geschmacksverstärker oder Konservierungsmittel und als Leckerli verspeist ihr Liebling sicherlich auch edles Gebäck aus der Hundekeksmanufaktur.

Natürlich machen sie sich auch Gedanken über das was von der Nahrung am nächsten Tag übrig bleibt. Deshalb gehen sie mit ihrem Liebling täglich "gassie". Wirklich, sie opfern sich auf, tun alles, kein Weg ist ihnen zu weit. Meistens bewältigen sie Entfernungen, natürlich zu Fuß, die sie eigentlich sonst nur mit dem Auto fahren. Doch für ihren treuen Begleiter tun sie alles, eigentlich bemerken sie es kaum noch. Selbst bei schlechtestem Wetter sind sie unterwegs, laufen klaglos durch Häuserreihen und Natur."Hundi" braucht natürlich unbedingt Bewegung und die tägliche Toilette. Und aus diesem Grund laufen sie besonders weit weg vom eigenen Wohn-bereich um dann das zu entsorgen was vom Futter übrig geblieben ist.

"Und, sagt Herr Behrens, sie bemerken es

sofort". Ganz still stehen sie bei ihrem Hund und schauen ihm wohlwollend bei seinem großen Geschäft zu, sie beobachten ihn genau, es soll ja alles seine Richtigkeit haben. Den schwarzen Plastikbeutel haben sie bereits aus der Jacken- tasche gefummelt und halten in fest in der Hand. Nun warten sie geduldig bis sich das Tier von seiner Not befreit hat. Dann ein schneller Handgriff, schon ist der Beutel mit der Hinterlassenschaft gefüllt und sofort fest verknotet.

"Ganz besonders lustig finde ich, sagt Herr Behrens zu seiner Frau, wenn sie dann das labile Kunststoffbehältnis, richtig stolz, mit einer Hand hin und her schwenken. Es soll ja jeder sehen, dass sie ordentlich sind und den Beutel bis nach

Hause tragen".

"Aber, und das kann ich dir sagen, sagt Herr
Behrens, manchmal schlägt das Schicksal hart
und unerbittlich zu". Dann verlieren die Hundefreunde nämlich auf tragische Weise diesen
schwarzen Beutel".

Oft kann man einen liegen sehen, im Gras nahe
eines Weges, am Stamm eines dicken Baumes, oder
auch im Rinnstein, am Straßenrand. Sicherlich ist
der so furchtbar glatte Kunststoffbeutel den
Hundebesitzern einfach so, unbemerkt, aus der
Hand geglitten Wie tragisch, sicherlich ein großer
schmerzlicher Verlust. Wie oft habe ich diese
Tierfreunde schon bedauert.

"Stell dir mal vor, sagt Herr Behrens zu seiner
Frau, heute aber, und das ist ja merkwürdig, sah
ich eine schwarze Tüte, an ein eisernes Torgatter
angehängt, in ungefähr 1,80 m Höhe, weit abseits
vom Weg". "Was meinst du denn, fragt Herr
Behrens seine Frau, kann denn ein Hundeliebhaber
eine schwarze Plastiktüte mit dem Darminhalt
seines geliebten Hundes so verloren haben"? "Nein,
das glaube ich nicht, sagt die Frau von Herrn
Behrens zu ihrem Mann, sicherlich wollte er die
Plastiktüte dort nur kurzfristig deponieren um sie
später, auf dem Heimweg, wieder abzuholen".

Nun hängt sie da vergessen und Herrchen ist sicherlich traurig, grämt sich, weiß bestimmt nicht mehr wo er sie deponiert hat.

"Wenn ich doch nur wüsste wer die vielen schwarzen Beutel verloren hat, ich würde sie den Besitzern gern kostenlos zurück bringen und ihnen so aus ihrer seelischen Not helfen, das kann ich dir versichern", sagt Herr Behrens zu seiner Frau.

Altersweitsicht

Still und leise, ohne Vorboten, ist es geschehen. Anfangs unbewusst, später aber immer öfter fiel es ihm dann auf, das Lesen wurde beinahe täglich anstrengender. In der ersten Zeit hatte er überhaupt nicht darüber nachgedacht, hatte sich keine Gedanken gemacht, hatte es einfach ignoriert. Nun aber ging es nicht mehr.

Jetzt ist es wohl soweit, wahrscheinlich bin ich altersweitsichtig geworden, welch furchtbarer Gedanke, grübelte Herr Behrens laut. Aber, und da beruhigte er sich selbst, es hätte ja auch noch schlimmer kommen können. Mich hätten zum Beispiel auch andere Altersgebrechen, wie die Altersinkontinenz, der Altersstarrsinn oder ganz furchtbar, die Altersdemenz treffen können, meinst du nicht auch, sagt Herr Behrens zu seiner Frau. Richtig glauben konnte er jedoch noch nicht daran. Still hoffte er, dass das nur eine kurze Übergangsepisode sei. Es wird sich schon wieder regulieren, beruhigte er sich. Nein, es tat sich aber nichts, Besserung trat nicht mehr ein. Nach langem Zögern lies sich deshalb ein Besuch beim Optiker nicht umgehen.

Diese Empfehlung des Fachmanns verunsicherte ihn total. Trotz der im allgemeinen bekannten Vorurteile, und der ganz besonders unheilvollen Geschichten die grässliche Angst einflößten, empfahl der Fachmann eine Gleitsichtbrille. Zu oft hatte er doch schon von den beinahe unüberwindbaren Schwierigkeiten, die mit einer solchen Brille aufgetreten sein sollen, von anderen gehört. Er hatte von den riesigen Problemen, wie verschwommenes Sehen, Gleichgewichtsproblemen oder Treppenstürzen gehört. Es grauste ihm regelrecht.

Der Optiker bemerkte wohl seine Ängste und redete behutsam, erklärte, versuchte zu beruhigen, wirklich, er gab sich große Mühe. Seine ruhigen, einfühlsamen Gespräche überzeugten Herrn Behrens schließlich sich doch für eine solche Sehhilfe zu entscheiden.

Vorsichtig und besonders misstrauisch hat er nun an einem Sonntagnachmittag seine neue Gleitsichtbrille erstmals aufgesetzt. Wie angenehm, empfand er, wirklich das Ergebnis war total überzeugend. Er kam sich wie in den Jungbrunnen gefallen vor. Es war verblüffend, plötzlich kann er seine Umwelt wieder gestochen scharf wahrnehmen. Kann alle Straßenschilder wieder lesen, und auch die Treppen ohne zu stolpern problemlos rauf und runter rennen. Wundervoll, empfindet er.

Schockiert war er allerdings über das Bild welches er am Morgen im Spiegel sah. Nein, was er dort nach langer Zeit wieder deutlich erkannte begeisterte ihn nicht so sehr.

Ärgerlich ist, empfand er, auch die Tatsache, dass ihm vorher niemand gesagt hat, dass er jetzt plötzlich auch den Staub und die Spinnweben in seinem Arbeitszimmer gestochen scharf sehen kann.

13

Herbert
- ein anatomisches Wunder -

Dass Herbert, so möchte ich ihn nennen, ohne Pause reden kann ist seinen Freunden seit Jahren bekannt. Doch es fällt ihnen kaum noch auf, längst haben sich alle daran gewöhnt, bemerken es nur noch im Unterbewusstsein.

Schon früh erreicht heute die Radfahrtruppe ihr Tagesziel – zu früh eigentlich um umzukehren.

Wir sollten etwas spazieren gehen, das lockert auf und tut den Beinen sicherlich gut. Sehr massiv sind jedoch die Einwände einiger Freunde, weil sie an unterschiedlichen, meistens aber schlimmen Kniebeschwerden litten. Auch Herbert gehört zu ihnen. Starke Schmerzen im rechten Knie quälen ihn, eigentlich schon vom frühen Morgen an. Trotzdem beschloss die Mehrheit schließlich nach langer Diskussion, wir wollen doch marschieren.

Herbert läuft klaglos, man sieht ihm seine großen Schmerzen überhaupt nicht an. Fest hat er seine Zähne zusammen gebissen. Wirklich er lässt sich nichts anmerken. Anerkennung und Bewunderung erfährt er dadurch von allen Seiten.

Das Höchstmaß an Bewunderung erlangte er allerdings wegen seiner besonderen, anatomischen Fähigkeit. Obwohl er ja, wegen seiner großen Schmerzen, die Zähne fest zusammen gebissen hatte, brachte er es trotzdem fertig, eine dreiviertel Stunde lang ohne Pause zu reden.

Sicher ist sicher

Natürlich wussten sie, dass sie nicht die besten Kicker waren, aber darauf kam es ihnen auch gar nicht an. Diese dritte Mannschaft einer Bremer Behörde hatte einfach Freude am Betriebsfußball.

Um ihren Sport ausüben zu können hatten sie sich deshalb schon vor Jahren einem Fußballverein in der Pauliner Marsch angeschlossen. Hier war in den Sommermonaten immer ein Nebenplatz für sie reserviert und gekreidet. Gern spielten sie auf dem weit vom Vereinsheim entfernten Rasen allerdings nicht, aber es machte ihnen inzwischen nichts mehr aus, sie haben sich damit abgefunden. Oft genug wurden nämlich ihre kleinen Beschwerden über den so weit entfernten Nebenplatz vom Platzwart einfach damit abgeschmettert, dass untere Mannschaften stets auf einem Nebenplatz zu spielen hätten. Der Hauptplatz, direkt am Vereinsheim, so sagte er immer, sei nur für die besseren Mannschaften vorgesehen.

So war es auch an diesem späten Montag Nachmittag, Anfang der 1980iger Jahre. Alles lief wie immer ab.

Flankiert durch einen beidseitig wohl 3 Meter hohen Maschendrahtzaun führte damals der Weg zum Vereinsheim. Recht weit war es dorthin zu laufen. Aber, welch ein Glück, im Laufe der Jahre, ist ein mannshohes Loch im Maschendraht entstanden. Das war günstig. Natürlich nutzten sie, wie alle, diese willkommene Abkürzung zu ihrem Spielplatz und zum Vereinsheim.

Die Worte auf dem großen Hinweisschild an der Eingangstür zu den Umkleidekabinen: „Vorsicht Diebe, achtet auf euere Wertsachen", übersahen sie inzwischen, nein, sie nahmen es gar nicht mehr war. Zu oft hatten sie es schon gesehen und außerdem betraf sie das überhaupt nicht. Denn sie sind ja Beamte und die sind ja bekanntlich pfiffig. Akkurat wie sie halt waren sammelten sie immer gemeinsam ihre Wertgegenstände und legten sie in eine, speziell für diesen Zweck, mitgebrachte Aktentasche. So kann nichts passieren, da waren sie sich sicher, Schon auf dem Weg zum Spielfeld war es dann immer die Aufgabe des Torwarts auf diese Tasche verantwortlich zu achten.
So bewachte er immer das Fußballtor und die hinter ihm im Tor liegende Wertsachentasche vor gefährlichen Angriffen.

Heute jedoch ist er von dieser Pflicht befreit. Er brauchte sich um nichts zu kümmern, konnte sich ganz auf das kommende Firmenpunktspiel konzentrieren, denn Renate, die Ehefrau des Liberos, war als Zuschauerin dabei. „Du kannst meiner Frau die Tasche geben", sagte Heinz der Libero zu seinem Torwart, „sie bleibt die ganze Spielzeit hier und wird gewissenhaft auf sie aufpassen".

Ganz allein stand die junge Frau nun am Spielfeldrand, die alte Ledertasche mit den 400,00 DM Kollegengeld, den Dienstausweisen und anderen Wertsachen fest in der Hand haltend und schaute ein wenig gelangweilt dem, für sie nicht so aufregenden Fußballspiel zu.

Wann er gekommen ist und woher konnte sie später nicht mehr sagen. Plötzlich sei er da gewesen, der fremde Mann. Sie hätten lange am Spielfeldrand nebeneinander gestanden, ohne ein Wort zu wechseln. Irgendwann habe er sie dann angesprochen und erklärt, dass er ein Kollege der Spieler sei und nur mal sehen wolle wie gut sie wohl Fußballspielen könnten. Sie hätten sich freundlich unterhalten und dadurch habe sich schon schnell eine vertrauensvolle Atmosphäre zwischen den Beiden entwickelt.

Fest unterm Arm hielt Renate die Aktentasche als sie urplötzlich ein akutes menschliches Bedürfnis drückte. Zwiespältig waren ihre Gedanken, soll ich die Tasche zur Toilette mitnehmen, oder versuchen bis zum Spielende durchzuhalten. Der Fremde bemerkte wohl die Unruhe der jungen Frau und bot ihr spontan seine Hilfe an. Es ist doch überhaupt kein Problem, versicherte er freundlich, ich kann doch für einen kurzen Moment auf die Tasche achten. „Das ist aber nett von ihnen", Renate war glücklich, „aber passen sie gut auf sie auf es ist nämlich die Wertsachentasche".

Die Mannschaften spielten noch als die junge Kollegenfrau nach wohl 15 Minuten zum Spielfeld zurückkehrte. Geschockt lief es ihr heiß den Rücken herunter. Wo ist denn der Fremde und wo ist die Wertsachentasche? Sie stand allein am Rand des Spielfeldes. Total verunsichert schaute sie immer wieder in die Runde, suchte den Fremden. Und dann sah sie es wieder, das große Loch im Zaun. Der Weg dorthin war kurz.

Viele Monate später öffnete ein Bediensteter der Bundesbahn im Bremer Hauptbahnhof bei einer turnusmäßigen Kontrolle ein Schließfach das lange nicht mehr benutzt wurde. Er fand darin eine Aktentasche mit vielen leeren Geldbörsen und einigen amtlichen Ausweisen.

Der Treffpunkt

Wirklich, sie ist schon am frühen Morgen stark verschnupft. Frustriert und schweigend sitzt sie ihrem Mann am Kaffeetisch gegenüber. Sie ärgert sich schon wieder maßlos. Das Frühstück hat ihr deshalb überhaupt nicht geschmeckt.

„Ich möchte mal über ein Problem mit dir sprechen über das ich mich täglich ärgere", sagt die Frau von Herrn Behrens plötzlich zu ihrem Mann. „Ich ärgere mich nämlich über die vielen Fremdwörter im heutigen Sprachgebrauch".
„Manchmal komme ich nicht mehr mit, verstehe sie nicht, weil, ich kann die vielen Fremdwörter in unserer morgendlichen Zeitung, zum Beispiel, die ich eigentlich gern lese, nicht mehr deuten". „Ist denn so eine Schreibweise nötig und wichtig für den Leser, müssen in einer deutschen Tageszeitung so viele Fremdwörter benutzt werden", sagt sie zu Herrn Behrens. „Geht dir das eigentlich auch so"?

„Mir geht es ähnlich, ich finde es auch ganz besonders schlimm, denn es gibt doch bestimmt für jedes fremde Wort ein deutsches", sagt Herr Behrens zu seiner Frau,
„Ich habe manchmal den Verdacht, dass sich die Autoren nur wichtig tun, ihre Klugheit und Weltoffenheit zeigen wollen", sinniert er leise. „Ob sie denn nicht bemerken, dass sie diese Worte nicht

allein benutzen und das dadurch ihre Wirkung ganz schnell verblasst". „Ich finde, dass man doch nur mit neuen Dingen glänzen kann die man allein benutzt, die Unikate sind und nicht mit Worten die an jeder Straßenecke gesprochen oder geschrieben werden".

„Ja, ja", antwortet sie, „es ist schlimm geworden". „Kannst du dich noch erinnern, worüber wir uns neulich in der Stadthalle geärgert haben als wir uns mit dem Seniorenkreis dort treffen wollten und den verabredeten Treffpunkt nicht gefunden haben"?

Gleich vorn, nach dem Eingang in die Stadthalle, links vor der Treppe, ist ein großes Schild an der Wand, dort steht Treffpunkt drauf, da treffen wir uns, hatte doch der Leiter der Seniorentruppe bei der Besprechung gesagt.

„Nichts haben wir gesehen, immer wieder sind wir im Kreis gelaufen, und geschimpft haben wir auch", sagt Frau Behrens.

„Wenn wir nicht zufällig bei unserer Rennerei auf den hier wartenden Seniorenhaufen getroffen wären, sicherlich hätten wir wieder den Heimweg angetreten". Was waren wir doch froh und erleichtert. Und dann haben wir es doch noch gesehen das große Hinweisschild an der Treppe, auf dem in großen Buchstaben „ Meeting Point" geschrieben stand.

Verständigungsproblem

Der Zivilbevölkerung ging es schlecht zu dieser Zeit, sie hungerten. Ganz besonders hart litten die unterernährten Kinder an den Folgen des zweiten Weltkrieg.

Sie sind gekommen um zu helfen, die Amerikaner. In einer etwas außerhalb des Dorfes gelegenen Gaststätte hatten sie deshalb für die notleidende Bevölkerung hier im Dorf, eine Suppenküche eingerichtet. Kostenlos war die Ausgabe des Essens und dieses Angebot wurde von den Menschen dankend angenommen. Eine riesige Schlange bildete sich täglich, gegen 15 Uhr, vor dem Haus die manchmal bis zur Wümmebrücke reichte.

Meistens schickten die Familien ihre Kinder zum Landhaus um die Suppenration in Empfang zu nehmen. Auch die junge Kriegerwitwe, ihr Mann war in Russischer Kriegsgefangenschaft verhungert, handelte aus Zeitmangel auch so und beauftragte ihre beiden Mädchen. Selbst hatte sie keine Zeit, denn sie konnte ihr kleines Geschäft, das sie mitten im Dorf hatte, nicht verlassen. Sie war absolut unabkömmlich. Dieser Weg zum Landhaus gehörte ohne Widerspruch also zu den familiären Aufgaben ihrer Töchter.

Täglich liefen nun die 6 - und 4jährigen, kleinen Mädchen, in einer Hand das Kochgeschirr für die Suppe und mit der anderen Halt und Schutz bei der Schwester suchend, den wohl 500 m weiten Weg zum Gasthaus. Gern gingen sie diesen Weg nicht, denn er führte über die durch Bomben zerstörte Flussbrücke. Schmal war der Notsteg den die Soldaten als Überwegung installiert hatten. Es schauderte sie jedes mal. Grausen überkam die Mädchen beim Blick durch die Löcher im Beton in die Tiefe. Eine unheimliche Angst lief immer mit.

Einmal, an einem Montag, am frühen Morgen, steht der Koch der amerikanischen Besatzungsmacht zur Revision seiner Lebensmittel in dem speziell dafür eingerichteten hinteren Raum im Gasthaus. Schnell bemerkte er dass übers Wochenende der Vorrat an Hühnereiern zu Ende gegangen ist. Dringend benötigte er jedoch die Eier, er hatte falsch disponiert.

Freundliche, um Hilfe befragte Nachbarn des Landhauses wussten Rat. Die hier ansässigen Bauern werden sicherlich keine Eier in großer Stückzahl mehr besitzen, erklärten sie, sie verkaufen sie nämlich immer sofort, aber es gibt im Dorf einen Krämerladen. Die Besitzerin handelt dort mit allem möglichen Krimskram, sie kann euch bestimmt helfen. Dort solltet ihr es versuchen.

Zwei junge Soldaten wurden geschickt, beide der deutschen Sprache nicht mächtig. Verunsichert und ein wenig gehemmt standen sie kurze Zeit später ganz still in dem kleinen Laden in der Mitte des Dorfes. Beinahe ängstlich schauten sie immer nur auf die junge Ladeninhaberin Helene. Doch wie es so ihre Art war beachtete sie zunächst die jungen Uniformierten überhaupt nicht, sie tat als seien sie Luft für sie und lies sie einfach unbeachtet stehen. Schließlich, nach einer ganzen Weile, wandte sie sich resolut den Männern doch zu, baute sich vor den Soldaten auf und fragte nach den Wünschen der beiden.

Was sie denn hier wollten, unwirsch und hart klang ihre Stimme. Der ihr am nächsten stehende junge Amerikaner fasste schließlich all seinen Mut zusammen und äußerte den Grund ihres Kommens. Kurz nur war seine Frage: „Have you got Eggs"?

Helene brauchte offensichtlich überhaupt nicht zu überlegen. Wortlos drehte sie sich um und ging schnurstracks aus der hinteren Ladentür zu ihrem kleinen Schuppen im Garten.

Nur einen Moment war sie weg, dann betrat sie wieder ihr Geschäft. Ohne Kommentar ging sie flotten Schrittes auf die Soldaten zu. Total geschockt und verunsichert starrten die beide wortlos auf die auf sie zukommende junge Frau.

Helene stand ganz still vor den Soldaten und hielt ihnen das entgegen was sie als Kaufwunsch verstanden hatte - eine riesige Axt.

Ungebetene Gäste

Es mag 1935 gewesen sein - als eine Horde junger Burschen, alle in braunen Hemden, auf dem Weg ins Blockland sind. Der Himmel ist, wie so oft in Bremen, trübe und bewölkt an diesem Tag. Doch das bemerkten die Halbwüchsigen gar nicht. Denn sie marschieren mit Begeisterung. Singend laufen sie über den Kuhgrabenweg, einem ihnen unbekannten Abenteuer entgegen. Gedanken machen sie sich keine. Die von ihrem Gruppenführer am Morgen ausgegebenen Anweisungen haben sie' nur oberflächlich wahrgenommen, eigentlich empfinden sie diese Aktion als eine'' Art des kindlichen Räuber - und Gendarmenspiels.

Ausflugsgaststätte Haus Wieseneck der Fam. Winters, 1934

Ihre Ziele sind die Ausflugsgaststätten "Haus Wieseneck" und "Kuhsiel". Sie kommen aber nicht als Gäste, nein, ihr Auftrag ist Angst und Schrecken zu erzeugen. Diese halbwüchsigen Jungen sollen Andersdenkende durch diese Aktion einschüchtern.

Sie sind sich ihres Handelns überhaupt nicht richtig bewusst, sie rennen einfach wie wild durch den Gastraum, an dem ahnungslosen Wirt vom "Haus Wieseneck" vorbei, schmeißen nach Belieben Mobiliar um und zerschlagen dabei Teller und Tassen. Fassungslos und machtlos stehen die Wirtsleute Hinrich Winters und seine Frau Hanni inmitten der Scherben. Doch diese Schikane hatte ja Methode. Genau so schnell wie sie kamen verschwanden sie dann wieder. Noch vor der Eingangstür des Lokales, beim Herauslaufen, rufen sie drohend: " So geht es euch "Sozies" in Zukunft immer".

Grölend laufen sie weiter, ins Oberblockland, sie wollen noch zu Paul Busch, in die Gaststätte „Kuhsiel". Der Ablauf ihrer Aktivität hier ist identisch mit der vor einer halben Stunde. Sie lärmen und randalierten in der Schankstube, springen schreiend auf Tischen und Gestühl herum und zerschlagen das Porzellan. Zutiefst geschockt verharren die gerade anwesenden Gäste. So schnell wie sie kamen sind sie dann auch wieder verschwunden und auch hier hinterlassen sie schreiend die Nachricht: „So geht es euch "Sozies" in Zukunft immer".

Plötzlich sind sie nach einigen Tagen wieder da. Natürlich unangemeldet, blitzschnell erledigen sie wieder ihren Auftrag. Verzweiflung bei den beiden Wirtsehepaaren, doch sie sind gegen den braunen Mob machtlos. Niemand durfte nämlich diese Jungen für ihre Taten bestrafen, oder sie eventuell sogar verprügeln, denn wer die Braunhemden haut, so war das damals, der haute das Dritte Reich. Und das war streng verboten. Es konnte den Jungen. also nichts passieren, im Gegenteil, sie wussten doch, Lob war ihnen von höherer Seite immer gewiss. Paul Busch ist im allgemeinen ein Gemütsmensch, den so schnell nichts aus der Ruhe bringen kann. Aber über diese "Pappstiefel", wie er sie nannte, ärgerte er sich ungemein. Und Dora, seine Frau, pflichtete ihm bei: „Was diese "Pimpfe" betrifft, da kann ich mich auch schwarz ärgern".

Paul Busch am Zapfhahn

Die beiden Gastwirtehepaare waren von den Aktionen der Hitlerjugend total verunsichert und geschockt und suchten deshalb gemeinsam. nach einem Ausweg.

Nein, sie wollten nicht nachgeben, wollten sich nicht unterdrücken lassen. Und so beschlossen sie sich gegenseitig zu helfen. Sie wollen sich frühzeitig vor den Raudies warnen. Es sollte fernmündlich geschehen, das geht am schnellsten, waren sie sich einig.

Das Lokal in Oberblockland, mit dem reetgedeckten Dach, war nicht nur bei den Einheimischen, auch bei den Wassersportlern sehr beliebt. Die Gäste genießen die freundliche ruhige Atmosphäre die in diesem Haus herrscht und machen deshalb hier regelmäßig Rast. Denn Paul Busch hielt sich konsequent an seine gewerblichen Auflagen, an die Lizenz vom 01. Januar 1899, an die bestehenden Vorschriften zur Führung der Schankwirtschaft. Diese waren streng, aber trotzdem, Paul Busch und seine Frau Dora hatten sich damals, im Jahre 1929, entschieden und die Schankwirtschaft „Kuhsiel" in Oberblockland Nr. 2, von Johann Behrens gepachtet. Nachdem er eine Gaststätte in Sudweyhe übernommen hat. Sie sind gern Pächter des schon seit 1898 bestehenden Lokales im idyllischen Bremer Stadtteil. Und, sie halten sich exakt an die behördlichen Vorgaben. Denn der Erhalt dieser Lizenz war damals nämlich gleichzeitig auch mit der Drohung "der Zurückziehung dieser Erlaubnis, wenn Tatsachen zur Kunde kommen, welche die Annahme rechtfertigen, dass das gedachte Gewerbe zur Förderung der Völlerei, des verbotenen Spiels, der Hehlerei oder Unsittlichkeit missbraucht werde", versehen.

Sophie und Johann Busch

Mit in das Haus waren Pauls Eltern, Sophie und Johann Busch gezogen. Beide wollen hier in der schönen, ruhigen Natur ihr Rentnerdasein genießen. Johann, der einmal Fischhändler war und der nicht nur in der Weißenburger Straße 25 sein Geschäft hatte, sondern auch mit einem urigen, motorisierten Dreiradgefährt den Handel über Land ausführte, kümmert sich fortan um die Haustiere. Hühner und besonders Schweine gehören dazu und sind im angrenzenden Stallgebäude untergebracht.

Zur Familie gehört auch Bianca, der Hofhund, der in seinen jungen Jahren sogar eine Ausbildung bei der Polizei erhalten hatte. Jetzt aber ist er mit seinem Herrchen alt geworden und lag meist ganz nah und ruhig neben der hölzernen Bank vor der Scheune auf der Opa Busch bei gutem Wetter gern saß und in die Sonne schaute.

"Sie sind gerade wieder bei mir weg, wieder haben sie Geschirr zerschlagen, pass auf Paul, dass du alle Teller und Tassen gut versteckst", Hinni Winters war am Telefon vor Aufregung kaum zu verstehen.
Aber dieses mal werde ich ihnen ein Schnippchen schlagen, dachte Busch und verriegelte sofort von innen sämtliche Fenster und die Eingangstür zur Gaststube. Sie sollen vor verschlossener Tür

stehen. Dann werden sie sicherlich wieder abhauen, hoffte der Wirt. Doch er irrte. Laut johlend rannten sie auf direktem Weg, in das angrenzende Stallgebäude. Bianca, der Hofhund, bellte wie wild, riss an seiner Kette, wollte helfen, war aber machtlos.

Laut und schrill schrien die Schweine und das Hühnervolk flog flüchtend und panisch gackernd durch das Stallgebäude als die Horde hineinstürmte.

Opa Johann Busch saß zu dieser Zeit, wie jeden Tag, auf seiner Gartenbank, ganz nahe an der Wümme, und genoss die morgendliche Ruhe als er plötzlich, durch das wilde Kläffen des Hundes und das schrille Schreien der verängstigten Schweine, von seinem Halbschlaf hochschreckte. Gerade noch sah er wie eines der kleinen Ferkel von den Randalierern in den Fluss geworfen wurde. Das Tier schrie fürchterlich und strampelte um sein Leben. Laut und unangenehm lachte die jugendliche Bande, sie empfanden wohl den Überlebenskampf des Schweines als großes Vergnügen. So schnell wie sie kamen sind sie, johlend Parolen rufend, dann wieder verschwunden.

Der alte Mann überlegte keine Sekunde. Ohne zu Zögern entledigte er sich schnell seiner Joppe und sprang dem Schwein hinterher. Ein schneller Griff, dann hielt er das zappelnde Ferkel fest im Arm. Immer wieder rief er laut nach seinem Sohn, rief um Hilfe. Doch niemand hörte seine verzweifelten Rufe. Johann Busch, bis zur Hüfte in der Wümme stehend, kämpfte um sein und des Schweines Leben. Er rettete sich schließlich nur mit knapper Not.

Bierkutscher von Haake Beck um 1930

Nach dem Tod von Paul Busch übernahm 1939 die Familie Behrens wieder das Geschäft.

Die Gaststätte "Kuhsiel" mit dem angrenzenden Schweinestall um 1927

Kuhsiel im Jahre 2013

35

Buhhhhhh

Es ist ein Sonntag, Anfang Februar, als sich das Bremer Ehepaar zu ihrer ersten Bergfahrt durch die Sperren der Talstation quält. Ausgerechnet heute herrscht ein riesiges Gedränge. Offensichtlich wollen wohl viele Einheimische und vielleicht auch Wochenendurlauber aus dem nahen Bayern diesen schönen, sonnigen Wintertag als Kurzurlaub nutzen, vermuten die beiden. Trotzdem, diese Fülle macht ihnen überhaupt nichts aus, sie kennen ja den genauen Ablauf hier und freuen sich wirklich riesig aufs Skifahren, können es kaum erwarten. Ärgern ist so wie so zwecklos, wissen sie. Und, so nehmen sie das Gedränge einfach als unabänderliches Übel hin.

Das Schupsen beginnt immer schon sobald die ankommende Bahn in der Talstation zum Stillstand gekommen ist und sich die Schiebetüren öffnen. Dann geht es los das große Schieben und Drängen. Der Grund dafür sind die begehrten Haltestangen im Innern der Kabine des Schienenfahrzeugs. Ein sicherer Halt ist nämlich äußerst angenehm während der rasanten vier Minuten Auffahrt zur Bergstation Hartkaiser.

Die beiden Bremer Rentner wussten natürlich wo der günstige Platz zum Einstieg ist. Zwei Schritte nur, dann etwas die Ellbogen links und rechts heraus, schon hatten sie einen Haltegriff zu fassen.

Heute jedoch braucht sich niemand um sicheren Halt zu sorgen, denn ein Umfallen ist unmöglich. 160 Personen stehen hautnah, mit ihren Ski und Stöcken im Arm, in dem mehrfach unterteilten vollbesetzten Großraumwagen.

So stehen die Bremer bewegungslos und schauen dabei während der Fahrt auf zwei kleine Jungen die direkt vor ihnen stehen. An die Wand des Wagens gequetscht, gucken die Knaben duchaus ein wenig ängstlich umher, empfindet der Bremer und lächelt sie deshalb freundlich an.

„Macht ihr auch Urlaub hier", fragt er schließlich die wohl siebenjährigen Jungen. „Nein", erwidert einer von ihnen, „ich bin mit meinen Eltern und meinem Freund nur heute hier, wir fahren am Abend wieder nach Hause". „Dann habt ihr wohl keinen weiten Weg zu fahren, wo kommt ihr denn her"? „Wir kommen aus München, sagt der Knabe. „Ihr habt es aber gut, so eine kurze Anfahrt ins Skigebiet, da haben wir es aber viel schlechter. Wir müssen nämlich viele Stunden mit dem Auto bis hier her fahren".

„Wo kommen sie denn her"? „Wir kommen aus Bremen, kennt ihr denn diese Stadt im hohen Norden"? „Nein", kam nach zögerlicher Überlegung die Antwort. „Nanu, ihr kennt Bremen nicht, dass ist doch die Stadt aus der eine sehr bekannte Fußballmannschaft kommt. Ihr kennt doch bestimmt Werder"?

Diesmal, und ohne zögern, wie aus der Pistole geschossen kam die Antwort beider Jungen: Buhhhhhhh!

Hartkaiserbahn

Das Weihnachtsgeschäft

Die graue, eher schmucklose Sichtbeton-
fassade der Gaststätte „Leher Krug" zierte Ende
November schon vorweihnachtlicher Schmuck.
Einfache Lichterketten, in verschiedenen Aus-
führungen, waren an ihr befestigt. Und an der
Eingangstür stand kerzengerade ein künstlicher
Weihnachtsbaum. Auch der Gastraum war
bereits von den Wirtinnen durch Tannengrün
und ein Kerzengesteck auf jedem Tisch ganz besonders liebevoll geschmückt. Stimmungsvoll
und angenehm empfanden die Gäste diese vor-
weihnachtliche Atmosphäre. Ja, sie fühlten sich
hier in der kleinen Gaststätte so richtig wohl.

Damals, so um 1990, war die Kneipe noch gut
besucht. Meistens allerdings nur von Männern.
Vielleicht kamen sie wegen den Wirtinnen „Biggi"
und „Regina". Vielleicht aber auch wegen der
Serviererin „Ulla" oder einfach nur zum Bier
trinken. Stammgäste waren sie, und dadurch
kannten sie sich alle, manchmal jedoch nur mit
dem Vornamen.

Fremde kamen selten hier her, heute aber, an
diesem Tag wenige Wochen vor Weihnachten, saß
ein unbekannter Mann an der Theke. Gut
gekleidet und gepflegt sah er aus. Freundlich
unterhielt er sich mit der Wirtin und trank
zwischendurch immer ein Glas Bier. Angenehm
plauderte er, einfach nur so, ohne ein bestimmtes

Thema. Den Gästen am Tresen, und auch Biggi, viel es überhaupt nicht auf, dass er ganz langsam und vorsichtig das Gespräch auf den günstigen Kauf eines Fernsehgerätes lenkte.

„Ich arbeite in einer Spedition in Bremen, erzählte er den Anwesenden freundlich, und dadurch habe ich die Möglichkeit, jetzt in der Vorweihnachtszeit, preisgünstig Fernsehgeräte zu besorgen".

„Es sind wunderbare Geräte, erzählt er weiter, und kosten per Stück nur 300,00 DM". Allerdings müssten sie vor Ort abgeholt werden. Dieses Problem löste sich schnell, denn Ulla, die Serviererin, war spontan bereit diese Aufgabe zu übernehmen und mit ihrem Auto zur Spedition zu fahren.

„Man könne es sich ja in Ruhe überlegen, er werde morgen nochmals hierher kommen", erklärte er freundlich bevor er sich verabschiedete. Wer dann einen Fernseher haben möchte müsse halt 300 Mark mitbringen.

Der Fremde war lange schon gegangen. Bis spät in die Nacht saßen sie noch zusammen und diskutierten heiß, dann waren sich die Gäste im Krug einig. Ja, das ist ein Schnäppchen. Fernsehgeräte konnte man zwar überall kaufen, aber zu so einem günstigen Preis nicht. Das ist ein echtes Weihnachtsgeschäft.

Fünf begeisterte Interessenten waren am nächsten Tag im Leher Krug und übergaben dem Fremden hoffnungsvoll ihr Geld.

Neben Ulla, auf dem Beifahrersitz, saß der Fremde. Kurz nur war die Fahrt, schon hielten sie vor der Spedition in der Bayernstraße. „Ich komme gleich wieder", sagte er noch freundlich zu seiner Begleiterin, „sie möge bitte einen kurzen Moment hier im Auto warten bis er den Kauf abgewickelt habe, dann werde er sich wieder bei ihr melden".
Zielstrebig ging er, mit 1500 DM fremden Geld in der Tasche, in das Speditionsgebäude. Die Tür schloss sich hinter ihm, dann war er in den großen Hallen verschwunden.

Ulla wartete geduldig. Eigentlich weiß sie gar nicht mehr wie lange, es kam ihr aber unendlich vor, als ihre Geduld schließlich zu Ende ging.

Nein, sie hätten hier keine Fernsehgeräte zu verkaufen, sie seihen doch nur Lagerstätte, erklärte ihr die hilfsbereite Angestellte im Speditionsbüro.

Der fremde, freundliche Mann wurde indes nicht mehr gesehen, er hatte wohl einen Hinterausgang benutzt.

Früher war alles anders

Das Wetter an diesem Frühlingstag war ausgesprochen gut. Natürlich nutzen sie diesen Tag und sind auch heute wieder mit ihren Rädern in der freien Natur unterwegs.

Gern fahren wir diesen Weg, abseits der öffentlichen, den viel befahrenden Straßen, sagen sie, wenn man sie danach fragt. Hier können wir in Ruhe fahren und auch kleine Pausen einlegen.

Nun ist es aber nicht so, dass sie die kleinen Ausfahrten nur wegen der Pausen unternehmen, wie gemunkelt wird. Nein, wer so etwas denkt tut den beiden unrecht. Tatsache ist, und dafür können sie nun überhaupt nicht, dass das alte Gasthaus seit 60 Jahren direkt an ihrer Lieblingsstrecke steht, sagen sie, und an so einem Haus kommt man dann ganz schwer vorbei. Natürlich halten sie dort nur um sich von den Radfahrstrapazen zu erholen, obwohl sie es eigentlich gar nicht vorhatten.

Also, nun sitzen die beiden älteren Herren auch heute wieder im alten „Landgasthaus", ihrer Gaststätte im Grünen. Stille herrscht anfangs noch zwischen ihnen bis die heilende Wirkung des hopfenhaltigen Erfrischungsgetränks die verlorenen Lebensgeister und die Sprache zurück bringt.

„Ich kann mich noch gut erinnern", sagt plötzlich der eine, „dass wir in unseren jungen

Jahren immer Rücksicht auf die älteren Menschen genommen haben, gibt es das in der heutigen Zeit eigentlich noch"? Der Freund schüttelt nur leicht den Kopf bevor er gedankenvoll antwortet, „ich bin mir da nicht so sicher ob wir so waren". „Doch, wir haben immer Rücksicht genommen, sind zum Beispiel in der Straßenbahn für die ältere Generation aufgestanden und haben unseren Sitzplatz angeboten, oder haben auf den Rad- und Gehwegen bereitwillig für sie Platz gemacht damit sie sicher fahren können", ich kann mich gut erinnern.

"Nanu, was ist mit dir denn los?" fragt der Freund erstaunt zurück.
"Stell dir mal vor", sprudelt der andere, als hätte er nur auf diese Frage gewartet, „was mir neulich mit dem Fahrrad passiert ist".

"Also, ich fahre wie immer korrekt auf dem Radweg in Richtung Stadt, natürlich auf der richtigen Straßenseite, wie sich das gehört. Als mir eine Horde Halbwüchsiger entgegen kommt. Es sind wohl Schulkinder, alle vielleicht vierzehn Jahre alt und auch mit dem Fahrrad unterwegs". „Natürlich fahren sie in verkehrter Fahrtrichtung, schwatzen pausenlos, und fahren dadurch zu fünft nebeneinander". „Einige sitzen sogar zu zweit auf einem Rad". „Wild fahren sie hin und her, und weil bei so einer Fahrweise der Radweg viel zu eng ist, nehmen sie natürlich auch noch den Fußweg in Anspruch". „Da gab es für mich überhaupt kein Durchkommen". „Ich empfand das als unerhört und außerdem hatte ich auch noch große Sorge um meine Sicherheit".

"Und wie hast du darauf reagiert?"

"Ich habe die Schulkinder, als sie nur noch wenige Meter vor mir waren, sehr bestimmend aber freundlich angesprochen und gefragt: „Könnt ihr nicht vernünftig fahren? Ihr seid doch nicht allein auf der Welt".

„Bravo", antwortete sein Freund, „und dann, wie ging es weiter"?

Stell dir mal diese Frechheit vor, die Gören haben mich angemacht: „Mensch, alter Opa, wenn du nicht Rad fahren kannst, steig doch ab und geh zu Fuß".

„Ja und, wie ging es weiter?".

Leise und resignierend kam die Antwort: „Ich hatte ja gar keinen Platz mehr zum fahren und bin vor Schreck abgestiegen". „Der Schock saß dann so tief, dass ich zu Fuß weiter gegangen bin".

Herbstliche Putzaktion

Immer wenn Herr Behrens durch seinen Garten ging und der Weg ihn am Carport vorbei führte, sah er sie. Jedes mal blieb er dann stehen und bewunderte ihren grazilen Körper. Schön sah sie aus, besonders wenn sie von der Sonne angestrahlt wurde. Wie eine Trapezkünstlerin schwebte sie scheinbar schwerelos in der Luft. Unglaublich zart und zerbrechlich wirkte sie auf ihn. Ganz selten in all den vielen Tagen bewegte sie sich, verharrte offensichtlich wochenlang in der gleichen Pose.

Dann aber, ohne Ankündigung, ließ sie sich manchmal blitzartig an einem unsichtbaren Faden herabsinken. Um dann plötzlich, wie in Stein gemeißelt, wieder zu verharren. Gebannt von dieser Illusion der Perfektion schaute Herr Behrens total fasziniert ihr immer wieder zu.

Was für wunderbare Momente waren es für ihn wenn seine Augen ihre graziösen Lebenszeichen verfolgten.

Vor Kurzem dann das schlimme Erwachen. Er blickte wie immer zu der schon vertrauten Stelle - und sah sie nicht. Nirgends war sie zu entdecken. Sie war einfach weg.
Frau Behrens, seine Frau, musste ihm wohl seine Ratlosigkeit angemerkt haben. "Gestern habe

ich den Carpot gereinigt, sagte sie lächelnd, und dabei auch mit einem Besen die vielen Spinnengewebe beseitigt".

Welch eine Tragödie, sie hatte sie wohl nicht gesehen, denkt Herr Behrens, und so unversehens meiner fetten Kreuzspinne ein schreckliches Ende bereitet.

Es ist Vorschrift

Südwärts auf dem Deich, immer an der Elbe entlang, manchmal auch durch bergiges Waldgebiet. 200 Kilometern sind sie mit dem Fahrrad unterwegs, von Hamburg über Lauenburg und Hitzacker nach Uelzen.

Natürlich, und das ist wohl bei älteren Männern ganz normal, verschwiegen sie, dass sie ihre körperlichen Grenzen bei dieser Tour erreicht hatten. Zugeben wollte das natürlich keiner. Sie wären noch topfit, sagten sie, wenn man sie danach fragte. Schwäche eingestehen, nein, das konnten sie nicht. Aber an ihrer Körpersprache konnte jeder, am Ende der 3 Tage Radfernfahrt, ihre Erschöpfung deutlich erkennen.

Obwohl es keiner sagte, sie waren sicherlich alle froh, als in Uelzen die Quälerei ein Ende hatte. Trotzdem, es war eine schöne Fahrt, sagten sie einige Tage später, als die Schmerzen verflogen waren.

Nun standen sie am späten Nachmittag auf dem Bahnsteig des Hundertwasser Bahnhofs und warteten auf den Metronom der sie in die Heimat zurück bringen soll. Ihre schwer bepackten Räder, manchmal hinten und auch vorn mit Fahrradtaschen beladen, standen aufgereiht in Sichtweite auf dem Bahnsteig.

Sie warteten geduldig. Endlich rollte das blaugelbe Schienenfahrzeug, der Metronom, langsam heran. Was für ein Glück, empfanden sie, dass der Zug hier in Uelzen eingesetzt wird und dadurch total leer ist. Wie angenehm, einsteigen ohne Zeitdruck und überhaupt keine Enge, und für ihre Räder ein halber Waggon als Fahrradabteil,

und das für sie ganz allein. Das kam den 13 älteren Herren sehr gelegen. Jetzt konnten sie in Ruhe ihre un-handlichen und schweren Fahrräder komplett in das Radabteil des Regionalzuges stellen. Natürlich musste man immer mit Kinderwagen oder Roll-stuhlfahrern rechnen und die haben natürlich Vorrang und das ist ihnen natürlich bekannt. Und weil das Platzangebot des Fahrradabteils dann durchaus begrenzt ist muss das Reisegepäck immer von den Rädern abgenommen werden.
Aber heute, der ganze Waggon war ja leer. Diese zusätzliche Arbeit, abnehmen und verstauen der Taschen, wollten sie sich ersparen. Es wird schon gut gehen, dachten sie.

Sichtlich zufrieden und entspannt sitzen sie ein wenig geistesabwesend und zusammengesunken, in ihrem Abteil. Beinahe geräuschlos ist die Fahrt des Schienenfahrzeugs als plötzlich ihre Meditation abrupt unterbrochen wird.

Vielleicht nach einer Stunde Bahnfahrt, stand sie dann vor ihnen, die junge Zugbegleiterin. Freundlich, und mit angenehmer Stimme, fragte sie nach neuen Fahrgästen und ihren Fahrkarten. Drei Niedersachsen-Tickets und 13 Fahrscheine für die Räder, alles war in Ordnung. Sie lehnten sich wieder zurück, schauten aus dem Fenster und freuten sich, dass die Reise bald zu Ende gehen wird.

Doch unvermittelt, ohne Vorwarnung, wurden

sie aus ihrem gerade wieder beginnenden Halbschlaf gerissen. Die junge, uniformierte Dame war nur ein paar Schritte im Mittelgang zurück getreten um sich so vielleicht einen besseren Überblick zu verschaffen. Ganz gerade stand sie, als stünde sie auf einem Feldherrenhügel. Ihre eben noch so angenehme Stimme hatte sich plötzlich verändert, klang härter, als sie laut und deutlich den Rentnern erklärte: „Meine Herren, es ist in diesem Zug Vorschrift, dass das sperrige Gepäck bei Betreten des Waggons von den Räder abzunehmen ist". „Das ist nämlich ganz wichtig weil sich das Platzangebot für Räder ohne angehängte Satteltaschen um das Dreifache erhöht".

Schulmeisterlich klang die Stimme der Zugbegleiterin. „Und bedenken sie, sollte ein Rollstuhlfahrer oder eine junge Mutter mit einem Kinderwagen zusteigen, müssen sie die Räder sofort aus der Bahn entfernen". „Sie müssen dann mit der gesamten Gruppe auf dem Bahnsteig verbleiben und auf den nächsten Zug warten".

„Und denken sie daran, erklärte sie zum Abschluss noch ganz wichtig, dass sie, wenn sie im nächsten Jahr wieder mit ihren Rädern im Metronom fahren sollten, die Satteltaschen vorher abnehmen".

„Ja, natürlich, versicherte ihr Heinz treuherzig, wir werden uns bemühen, nur gucken sie uns doch mal an wie alt wir sind, wenn wir das man nicht bis zum nächsten Jahr wieder vergessen haben".

Überall an der Elbe sind sie noch zu bewundern, die ehemaligen
Grenzschutzanlagen der DDR, im Jahre 2013

Einmal musste es passieren

Er muss ein fotografisches Gedächtnis haben,
da sind sich seine Radfreunde absolut sicher. Sonst
ist so etwas nicht möglich. Niemand kann sich so
viele Wege und Straßen, auch abseits der offiziellen
Routen, durch Wälder, über Wiesen und durch
Moore merken. Immer fährt er ohne spezielle
Radfahrkarten. Alles hat er offensichtlich im Gedächtnis.

Sicherlich wird er sich die Strecken vorher
schon mal angesehen haben, vermuten sie, aber
trotzdem, eigentlich ist so eine Fähigkeit unvor-
stellbar.

Sie verlassen sich voll auf ihn und fahren ihm einfach hinter her. Das ist bequem. So brauchen sie sich keine Gedanken zu machen und können gefahrlos ausgiebig miteinander schwatzen. Warum sollten sie sich auch mit Überlegungen quälen, sie wissen doch, Georg kennt alle Wege.

Schon ein Jahrzehnt führt er die radelnde Truppe fehlerlos durch die norddeutsche Tiefebene. Noch nie hat er sich verfahren. Zu mindest hat es keiner bemerkt. Und sollte er doch einmal versehentlich einen falschen Weg gefahren sein, so gab er es natürlich nicht zu erkennen, so vermuten es die Freunde. Als Führungspersönlichkeit fährt er selbstverständlich immer an der Spitze der Kolonne, und gibt so nicht nur die Wegstrecke, sondern auch das Fahrtempo an.

Es ist wieder der 2. Dienstag im Monat. Der Tag an dem sich morgens, um 10 Uhr, die Fahrrad-begeisterten zur gemeinsamen Ausfahrt treffen.
Das heutige Tagesziel hatte, wie immer, Georg exakt geplant und ihnen vor der Abfahrt mitgeteilt.

Hintereinander aufgereiht, wie auf einer Perlen-schnur, radeln sie in einer langen Reihe. Angenehm leicht und einfach ist so das Fahren wenn man sich keine Gedanken machen muss. Sie wissen doch, dass sie sich ganz auf Schorse, wie sie ihn nur kurz nennen, und auf sein besonderes Talent verlassen können. Sie vertrauen ihm bedenkenlos. Sie wissen doch, Schorse kennt alle

Wege, er kann sich nicht verfahren.

Schon gut 2 Stunden sind die 12 Männer inzwischen mit ihren Rädern auf verschlungenen, ihnen meistens unbekannten, Wegen unterwegs, als etwas völlig Unerwartetes passierte.
Heute, an diesem Tag im Mai 2013, geschah tatsächlich das Unfassbare.

Mitten im gedankenlosen Radeln, streckte Schorse, wie immer in vorderster Front, ganz plötzlich seinen rechten Arm in die Höhe, sie wussten das ist das Zeichen zum Halten.
Mit leiser, schon beinahe zittriger Stimme erklärte er den im Kreis um ihn herum Stehenden: „Dieser Weg ist falsch, ich habe mich verfahren. Wir

müssen wohl wieder einen Kilometer zurück und in die entgegen gesetzte Richtung fahren". „Es tut mir leid, bitte entschuldigt". „Peinlich, das mir dieser Fehler unterlaufen ist".

„Aber das macht doch gar nichts", erwiderte spontan einer der Freunde, „das ist doch überhaupt nicht schlimm, du weißt doch sicherlich, wer einen Weg zweimal fährt behält ihn für die Zukunft viel besser im Gedächtnis".

Der kleine Unterschied

Die durchaus noch rüstigen Herren treffen sich seit vielen Jahren einmal in der Woche, jeden Mittwoch, am frühen Abend, um ihren Ballsport

auszuüben. Meistens sind sie ein Dutzend, manchmal auch einige Männer mehr. Sie kämpfen und rennen mit Begeisterung wie in ihren jungen Jahren, nur, dass alles ein wenig langsamer geworden ist..
Und weil bei dieser Sportart auf dem Rasen-spielfeld, wie sie behaupten, immer auch viel Staub aufgewirbelt wird, was ja ganz leicht trockene Kehlen verursacht und durchaus auch mal zu Hustenanfällen führt, wird dieser meistens mit

Schnaps und anderen angenehmen Getränken nach Trainingsende weggespült.

Die ganze Woche freuen sie sich schon auf diesen Tag, nicht allein wegen des Sportes, nein, die richtige Freude kommt erst anschließend, unter dem Dach der Veranda ihres Vereinsheimes auf. Dann genießen sie ausgiebig die dritte Halbzeit. Versuchen den Staub aus ihren ausgetrockneten Kehlen zu entfernen und löschen so nebenbei auch den großen Durst. Dabei wird nicht viel geredet, man braucht ja schließlich die Luft und die Konzentration damit man sich nicht verschluckt.

Man sollte allerdings nicht glauben, dass in diesem Kreis überhaupt nicht gesprochen wird. Der

Großteil der Männergesellschaft redet allerdings wirklich wenig. Sie versuchen es auch kaum noch. Selbst wenn sie gerade etwas ganz Wichtiges zu erzählen hätten verhalten sie sich still. Ein Redeversuch wäre sowieso zwecklos, sie kämen nicht zu Wort.

Sie wissen ja schon seit langer Zeit von dem Leiden ihrer zwei Sportfreunde. Diese beiden leiden nämlich an einem unstillbaren Redefluss. Nur während des Sports verstummen die Beiden, da fällt ihnen das Sprechen offensichtlich schwer, vielleicht aus Luft- oder Kräftemangel. Doch kaum ist der Sport beendet, ändert sich das schlagartig. Schon beim Abbau des Spielfeldes reden sie schon wieder. Ab jetzt kennen sie keine sprachlichen Zeitgrenzen mehr. Ihre Fantasie ist offensichtlich grenzenlos. So erzählen sie pausenlos und unaufgefordert, egal ob der Gegenüber es hören will oder nicht, ganz wichtige Alltagsneuigkeiten, oder erinnern ganz plötzlich an alte Geschichten aus vergangenen Zeiten. Manchmal lassen sie die Sportfreunde auch ausführlich an belanglosen Themen teilhaben, Geschichten die jeder kennt, Hauptsache es gibt etwas zu reden, so sollte man meinen. Für alle anderen bedeutet das natürlich immer sofortige, totale Sprachlosigkeit.

Nun ist es aber nicht so, dass die sportlichen Herren sich allein unter dem schützenden Dach der Veranda erholen können. Denn neuerdings, gleich nebenan auf dem Grün des Nebenplatzes, betätigt sich sportlich auch eine reine Damenriege.

Die jungen Frauen sind mit großer Begeisterung bei der Sache. Voller Energie hüpfen und kreisen sie bei ihren gymnastischen Übungen, um anschließend, als Krönung ihrer sportlichen Leistung, genau wie die Männer, noch unter dem Dach der Veranda des Vereinsheims zusammenzusitzen.

Heute aber sind die Damen seltsamerweise nicht zum Sport erschienen. Vielleicht machen sie Urlaub und sind verreist, überlegt die kleine Runde der älteren Herren. Jetzt in der Sommerzeit ist auch ihre Teilnehmerzahl stark reduziert. Viele fehlen, auch die beiden Dauerredner sind heute nicht dabei.

Total entspannt sitzt die kleine Männerrunde in der Veranda an einem der Gartentische und genießt die gekühlten Getränke und, und das ist ganz besonders schön, die himmlische Ruhe. Wie angenehm empfinden sie, heute kann man sich richtig unterhalten. Jeder kann seine Meinung, ohne sofort unterbrochen zu werden, störungsfrei äußern. Ganz selten kommt dieses nämlich vor, aber heute ist es möglich. Heute können sie in Ruhe über wichtige Themen des Alters, wie PSA-Werte, Blutzucker und Cholesterin diskutieren. Manchmal streifen sie auch kurz das Thema des „kleinen Unterschiedes" den es, wie sie aus jahrzehntelanger Eheerfahrung wissen, zwischen Männlein und Weiblein gibt. Allerdings auf Grund ihres fortgeschrittenen Alters natürlich nur in abgeschwächter Form.

Gern trinken sie dabei als Stärkung und

natürlich auch zur Vorbeugung einen Wacholder. Dieser wird nämlich als dringend notwendige Medizin bei den gesundheitlichen Leiden, die ja jeden im Alter plötzlich treffen können, erachtet. Wacholder ist wichtig, sagen sie treuherzig, weil man von all dem anderen „übrigen Zeugs", in dem kein Sprit enthalten ist, bloß Läuse in den Magen bekommt.

Just in diesem Moment ändert sich aber ihr ruhiger Abend. Zu hören waren sie schon eine gewisse Zeit, dann konnte man sie auch sehen. Vierzehn junge Frauen kommen plötzlich um die Ecke der Sporthalle. Schwer bepackt sind sie, mit Körben und Taschen. Alle offensichtlich gefüllt mit verschiedenen Salaten und anderen kulinarischen Köstlichkeiten. Auch schauen manchmal Flaschenkorken heraus. Es wird Prosecco sein. Wie Frauen halt so sind haben sie an alles gedacht.

Freundlich lächelnd grüßen sie beim Vorbeigehen die älteren Herren und gehen zielstrebig zu den zwei großen Nachbartischen. Es sind die Damen der Mittwochsgruppe.

Pfiffig wie sie sind, erkennen die Männern es sofort, die Damen planen eine kleine Feier.

Sofort werden die Damen ohne Umschweife aktiv und rücken drei Tische zu einer großen Tafel zusammen. Behände richten sie alles ein, stellen die passende Anzahl Stühle dazu und belegen die Tische mit gelben Papiertischdecken. Leise und ruhig geht es bei den Damen zu, sie reden wenig, nur das Notwendigste. Gezielt sind ihre Absprachen. Ein wenig bestaunen die Männer die Fähigkeit der Frauen, so behände Gemütlichkeit zu schaffen ohne viel zu reden.

Gutgelaunt setzen sich die Damen schließlich an die fertiggestellte, große Tafel. Als sich die Situation für die Männer dramatisch ändern sollte.

Als hätten sie beim Hinsetzen einen Kontakt auf der Sitzfläche des Stuhles ausgelöst, beginnen nämlich alle vierzehn Frauen, so kam es den Männer jedenfalls vor, wie auf Kommando gleichzeitig laut zu reden. Sie reden offensichtlich ohne ein bestimmtes Thema, sie reden einfach nur. Zuhören und antworten ist wohl für die Damen überhaupt nicht wichtig, stellen sie fest, vielleicht auch nicht möglich, bei dieser Redeflut.

Anfangs versuchten die in ihrer Ruhe empfindlich gestörten Männer einige Gesprächsfetzen zu erhaschen und zu verstehen. Durchaus interessiert wollten sie wissen worüber es so viel zu erzählen gibt. Obwohl sie doch nur 2 bis 3 Meter von den Damen entfernt saßen, war es ihnen nicht möglich in dem Stimmengewirr einen Zusammenhang zu erkennen. Manchmal klang es wie eine unbekannte Fremdsprache. Nein, ein Verstehen war unmöglich.

Die älteren Herren fühlten sich total genervt. Wie ist das doch furchtbar, jetzt kommt man ja überhaupt nicht mehr zu Wort, klagten sie untereinander am Nebentisch und waren sich schließlich einig.

„Wie angenehm ist es doch mit unseren beiden nervigen Dauerrednern", stellte Kurt fest. „Lieber zwei Stunden das Gerede von ihnen ertragen, als 15 Minuten sprachliche Dauerberieselung in unmittelbarer Nähe der 14 jungen Frauen".

Natürlich haben sie sich schon oft über das pausenlose Reden ihrer beiden Sportfreunde geärgert, aber heute, nicht auszuhalten. Nein, dieser Abend machte ihnen bei diesem Stimmengewirr ab sofort keinen Spaß mehr. So entschlossen sie sich spontan, die dritte Halbzeit, ihre Erholungsstunde zu beenden.

„Noch nie, sagte Kurt noch kurz bevor sie das Vereinsgelände vor der Verabschiedung verließen, wurde mir „der kleine Unterschied" zwischen dem weiblichen und männlichen Geschlecht so deutlich wie heute".

Eine Freundin in Bremen

Unsere Gefühle bei der Abfahrt in Bremen waren durchaus geteilt. Natürlich freuten wir uns auf die kommenden Urlaubstage, andererseits waren wir traurig wegen Werder, die hatten nämlich an diesem Sonntag, unserem Reisetag, ein schweres Heimspiel. Und das ohne uns.

Ich freue mich also, mit meiner Frau, wieder einmal auf ein paar Skitage in Ellmau am Wilden Kaiser. Auf den ersten Blick, bei unserer Ankunft an diesem Sonntag, hat sich hier nichts verändert, jedenfalls ist mir nichts aufgefallen.

Nur im Hotel, links oberhalb der Kirche, in dem ich jedes Jahr mit meiner Frau Unterkunft nehme, sind durchaus Veränderungen zu bemerken. Am Gebäude, das viel schöner geworden ist, und am Personal.

Nico, zum Beispiel, der junge Hotelangestellte aus Pirna, ist neu, das fiel mir sofort auf.

Nico stand an diesem Sonntagnachmittag hinter dem kleinen Bartresen, gleich neben der Rezeption. Quirlig wuselte er hin und her und redete mit jedem der ihm gerade über den Weg lief. So auch mit mir. Es war als würden wir uns schon Jahre kennen. Er hatte offensichtlich überhaupt keine Probleme.

Ich stand also, durchaus in innerer Sorge wegen Werder, vor dem Bartresen, den Begrüßungsobstler und ein Bier noch in der Hand, als, welch

Überraschung, auf einer großen Leinwand, direkt mir gegenüber, eine Fußballübertragung flimmerte. Anfangs schaute ich nur halbherzig, doch dann glaubte ich meinen Augen nicht zu trauen. Auf der großen Bildfläche rannten die Grün-Weißen. Meine tiefe Verstimmtheit war schlagartig verflogen.

Heute, an diesem Sonntag um Halbvier, spielt nämlich meine Mannschaft Werder Bremen gegen Eintracht Braunschweig im Weser Stadion, und dass ich und meine Frau wegen unserer Anreise leider verpassen mussten, erzählte ich Nico in bester wiedergefundener Laune.

Die erste Halbzeit war beinahe vorbei als Nico plötzlich wieder neben mir stand. „Wenn ich Zeit habe gehe ich auch zum Fußball. Ich bin nämlich ein Fan vom VFB Stuttgart", erzählt er sehr über-zeugend, „und ich werde, wenn meine Mannschaft gegen Werder spielt, nach Bremen kommen, dann gehe ich bestimmt auch in das Stadion".

„Natürlich, erzählt er im Brustton der Überzeugung weiter, werde ich diese Fahrt auch mit einem Besuch verbinden". „Ich habe nämlich in Bremen eine Freundin".

Na, das passt ja prima, Nico, wo wohnt denn deine Freundin, ich meine in welchem Stadtteil und wie heißt denn die Straße.

Seltsam, plötzlich hat Nico die Sprache und das Gedächtnis verloren, als er schließlich kleinlaut antwortete: „Das weiß ich nicht, aber Morgen kann ich es dir bestimmt sagen".

Auf einem deutschen Amt

Man sieht und hört sie täglich, anderssprachige Schlagworte, Pseudoanglizismen. Gern werden sie benutzt um Eindruck zu schinden, obwohl den Benutzern deren Bedeutung vielleicht gar nicht bekannt ist.

Auch Frau Behrens, die so gern zu Blumen-Sophie zum Blumenmarkt geht, weil die immer nur Platt spricht und weil sie das alles gut versteht, ärgert sich immer wieder darüber. Oft fühlt sie sich unsicher und durchaus verwirrt.
Ja, natürlich stehe ich mit dem heutigen,modernen Sprachgebrauch auf Kriegsfuß sagt sie nörglerisch schon am frühen Morgen, zu Herrn Behrens, ihrem Mann. „Warum muss das denn nur so sein".
„Die Schuldigen sind die Macher der Werbung, sagt Herr Behrens zu seiner Frau, denen ist es egal ob das Wort Quatsch ist und ob es verstanden wird, Hauptsache es klingt cool". „Es sind doch oft nur frei erfundene Wörter die englisch und weltoffen klingen sollen, die aber in England keiner versteht". „Diese vermeintlich englischen Wörter, kennen nur wir Deutschen".

Heute aber, und da hat die Frau von Herrn Behrens ein gutes Gefühl, wird es keine Probleme geben. Sie muss nämlich auf ein deutsches Amt. „Auf einem deutschen Amt wird sicherlich nur in Deutsch geschrieben und gesprochen", sagt sie zu

Herrn Behrens, ihrem Mann. „Ja, da bin ich mir auch sicher", beruhigt er sie vor der Verabschiedung.

„Stell dir das mal vor", total verärgert und aufgeregt steht die Frau von Herrn Behrens nach ihrer Heimkehr vor ihrem Mann.
„Ich komme da in die große Amtsstube rein, guck mich nach dem richtigen Schalter um, und was soll ich dir sagen, ich sehe nur eine riesige Menschenschlange vor einem Schalter". „Natürlich habe ich mich hinten angestellt, wie sich das gehört". „Wo so viele Menschen stehen, dachte ich, wird es schon richtig sein". Dann stand ich da, ich weiß gar nicht wie lange. Voran ging es aber nicht.
„Ich habe sie die ganze Zeit beobachtet, die Dame vom Amt, die hinter ihrem Pult ihrer Tätigkeit nachging". „Eigentlich tat sie mir leid, denn es klingelte beinahe pausenlos das Telefon". „Immer musste sie ihre gerade angefangene Arbeit unterbrechen, weil es schon wieder klingelte.
„Eine ganze Weile habe ich mir das angesehen. Dabei ganz still gestanden und gewartet".
„Und", fragte Herr Behrens, ihr Mann, „was passierte dann"? „Es geschah nichts". „Aus Langeweile habe ich dann zu der jungen Frau neben mir Kontakt aufgenommen". Wir sprachen eine Weile über belanglose Dinge, wie man`s eben so macht, wenn man auf ein langes und tieferes Gespräch keinen Wert legt.

„Nachdem auf diese Weise im Verlauf einer

halben Stunde nicht viel mehr als eine Person abgefertigt wurde, zweifelte ich plötzlich schon an meinem Standort und ganz besonders als mir unversehens das Schild „Quickschalter" ganz vorn über dem Arbeitsplatz der beamteten Dame auffiel". Misstrauen und Unsicherheit befielen mich plötzlich.

„Vielleicht stehe ich hier verkehrt", überlegte ich, denn das Wort „Quickschalter" war mir völlig unbekannt".

„Endschuldigen sie bitte", habe ich schließlich die junge Frau neben mir angesprochen, „können sie mir vielleicht erklären was Quickschalter bedeutet"? Das ist kein Problem, sagte sie, dieser Schalter wurde geschaffen damit keine Wartezeiten auftreten. „Quick" ist nämlich ein englisches Wort und bedeutet „schnell".

Ich habe mich natürlich artig bedankt. „Dann stehen wir also an einem Schnellschalter, habe ich noch zu ihr gesagt". Ja, hat sie geantwortet, so ist es gedacht.
Gerade in diesem Moment forderte die Dame vom Amt, einen dunkelhäutigen jungen Mann, vielleicht war es ein Student, der ganz vorn in der Schlange stand,mit „der Nächste bitte" auf, sein Anliegen zu äußern. Freundlich lächelte der junge Mann und redete mit der Beamtin, allerdings nur in englischer Sprache.

„Und stell dir das mal vor, sagt die Frau von Herrn Behrens, die Dame des Amtes zeigte eine ganze Zeit keine Regung, keine Reaktion, schaute nur bewegungslos immer geradeaus".

Junger Mann, genervt klang schließlich ihre Stimme, wir sind hier in Deutschland und auf einem deutschen Amt. Hier wird nämlich nur deutsch gesprochen und geschrieben. Der junge Ausländer schluckte, war offensichtlich verwirrt, als aus der langen Schlange heraus Unterstützung für ihn kam. „Und warum müssen wir dann in einem deutschen Amt an einem „Quickschalter" so lange anstehen"?

„Du kannst dir sicherlich vorstellen", sagte die Frau von Herrn Behrens zu ihrem Mann, „wie der mir aus dem Herzen gesprochen hat".

Blechkuchen

„Wirklich", sagte die Frau von Herrn Behrens zu ihrem Mann, „als ich vor diesem Hofladen auf der Insel Föhr stand, mochte ich zuerst nicht hineingehen, ich war durchaus einwenig misstrauisch".

„Es war ja von Außen überhaupt nicht zu erkennen was uns im Innern erwartet". „Aber, als wir uns erst einmal an einen der vier Tische gesetzt hatten und in Ruhe alles angeschaut hatten, stellten wir doch fest, dass unser Entschluss nicht schlecht war, und, und das fand ich so verblüffend, man konnte es überhaupt nicht mehr erkennen, dass noch vor nicht allzu langer Zeit hier Zuchtschweine ihr zu Hause hatten".

Wirklich, es war gemütlich hier. Stilvoll und mit Geschick war der Raum eingerichtet. Und auch die regionalen Köstlichkeiten die ringsum auf den Regalen an den Wänden des Hofladens aufgestellt waren tragen dazu bei und veranlassen sicherlich die Gäste zum Bleiben und auch zum Erwerb.

„Ich finde auch, sagt sie weiter, dass „Bruno",
der alte gusseiserne Ofen direkt neben unserem
Tisch, der wie ein altertümliches Geschütz aus-
sieht, und mit bestem Buchenholz von den Bauers-
leuten pausenlos gefüttert wird, für eine angenehme wohlige Wärme sorgt" „Und, sagt sie zu
ihrem Mann hingewandt, finde ich auch, dass das
leichte Knacken und Knistern des Ofens die
lauschige Atmosphäre im Raum noch erhöht".

Wirklich ein schnuckeliger Platz zum Verweilen
und um so richtig Kaffee und Kuchen zu ge-
niessen.
„Kannst du dich noch an das Ehepaar mit ihren
beiden Kindern erinnern, sagt Herrn Behrens zu
seiner Frau, sie saßen uns gegenüber, am
Nachbartisch. Mädchen waren es, vielleicht 4 und
6 Jahre alt. Die beiden Kleinen schwatzten ohne
Pause. Manchmal ist das schon ein wenig nervig",
empfand es Herrn Behrens. „Aber zum Schluss war
es doch glücklich für uns".
„Leise, fast unbemerkt, war doch damals die
junge Bäuerin mit dem Zettel in der Hand an den
Tisch der jungen Familie getreten und hat nach
ihren Wünschen gefragt", ich kann mich gut
erinnern.
Für uns ein Kännchen Kaffee und für die Mädchen
einen Becher Kakao. Und was können sie uns für
Kuchen empfehlen, fragte der junge Familienvater
noch die Landwirtin. „Heute haben wir ganz
leckeren Blechkuchen, er wird bestimmt den
Kindern schmecken, den kann ich ihnen ganz

besonders empfehlen". Spontan herrschte Ruhe am Tisch. Ein seltsames Schweigen bei den Mädchen. „Mögt ihr denn keinen Kuchen", vorsichtig fragte die freundliche Bäuerin.

„Ich sehe jetzt noch die funkelnden Augen der wohl sechsjährigen kleinen Dame", sagt Herr Behrens,und höre auch heute noch ihre Stimme als sie aufgeregt erwiderte: „Ich kann aber keinen Blechkuchen essen, mir fehlen doch so wie so schon vorn 5 Zähne und noch mehr möchte ich nicht verlieren".

„Siehst du, was war das für ein Glück für mich, dass ich das noch rechtzeitig gehört habe", antwortet die Frau von Herrn Behrens. „Ich weiß gar nicht ob ich als Gebissträgerin mit dem Kuchen zurecht gekommen wäre".

Wildverbiss

Zu dieser Zeit, so um 1968, waren die Bremer Feuerwehrbeamten jeden zweiten Tag, immer 24 Stunden am Stück, im Dienst. Eine lange, oft nervige Arbeitszeit für die Männer, gemeinsam auf der Feuerwache.

Schon viele Jahre hier im Dienst ist Schorse, wie ihn alle nur kurz nannten. Eigentlich von Natur aus eher ruhiger Charakter, trotzdem gingen ihm seine Kollegen nach Möglichkeit aus dem Weg. Misstrauisch beobachteten sie genau alle seine Handlungen. Schorse war nämlich als unberechenbarer Witzbold gefürchtet. Es machte ihm unendlich viel Spaß sich auf Kosten seiner Kollegen lustig zu machen. Immer war er auf der Suche nach einem Schabernackopfer. Niemand war vor ihm sicher.

Meistens sah man ihn tagsüber allerdings nicht auf der Feuerwache, denn er war auch als Fahrlehrer von seinem Dienstherren eingesetzt. Beinahe täglich ist er deshalb mit dem Fahrschulwagen, einem ausrangiertem, umgebauten alten Löschfahrzeug, in der Stadt schulungsmäßig unterwegs. Gern lässt er dann die Fahrschüler durch besonders enge Straßen fahren, manchmal auch rückwärts. Nicht aus Bösartigkeit, falsch wer so etwas denkt, nein, diese Übungen seien für die jungen Fahranfänger sehr wichtig, sagt er immer verschmitzt, wenn man ihn danach fragt. Sie müssten halt das üben was im Ernstfall auf sie zukommen könnte.

Manchmal aber verlässt er auch die nervige Stadt und fährt mit dem Fahrschüler über Land, ins Niedersächsische. Auch heute, an diesem schönen, sonnigen Mainachmittag, ist er wieder mit dem alten, roten Fahrzeug im Umland unterwegs. Ruhig ist es, Verkehrsstille herrscht, ganz allein sind sie auf der Landstraße. Eine angenehme Situation für den Schüler und seinen Lehrer. Sie genießen dieses und plaudern freundlich miteinander. Plötzlich aber, ohne erkennbaren Grund, gibt Schorse seinem Fahrschüler jedoch die Anweisung zu halten: „Heinz, fahre doch mal rechts rann und halte am Straßenrand". Irritiert und ein wenig verängstigt bremst der junge Mann. Kaum dass das Auto zum Stillstand gekommen ist, springt Schorse schon aus diesem heraus und läuft einige Meter die Straße zurück. Nur schemenhaft hatte er es wahrgenommen. Am Straßenrand lag ein bewegungsloses Tier. Vorsichtig, und durchaus ein wenig ängstlich nähert Schorse sich dem unbekannten rotbraunen Fell. Einen Moment nur steht er vor dem Tier, dann erkennt er es deutlich, es ist ein Fuchs. Lange liegt er wohl noch nicht hier, sind seine Überlegungen, vielleicht wurde er erst vor kurzem totgefahren. Kurz entschlossen ergreift Schorse den Fuchs und trägt ihn zum Auto. Im hinteren Innenraum des Fahrschulwagens deponiert er das leblose Tier. „Den nehmen wir mit, sagte er nur kurz zu Heinz, seinem Fahrschüler".

Es war später Nachmittag geworden. Die Bereit-schaftszeit hat für die Männer auf der Feuerwache begonnen. Einige machen Sport auf dem mit Blau-basaltsteinen gepflasterten Hof, spielen Faustball, andere nutzen die Holzbänke am Rand des Ge-bäudes, und schauen den Sporttreibenden zu oder genießen einfach nur die abendliche Maisonne.

Einer jedoch, der Oberfeuerwehrmann Werner, der früher einmal Steinmetz war, ist kein Sportler und so auch nicht an großer Bewegung interessiert. Meistens steht er deshalb abseits und kümmert sich um sein Auto. Beinahe in jeder freien Minute pflegt er das Fahrzeug. Natürlich ist er durch diese Tätigkeit oft Opfer von Hänseleien. Auch heute putzt er wieder intensiv den vierhunderter Lloyd. Der gute Zustand des kleinen Gefährts ist für ihn nämlich äußerst wichtig. Er benötigt doch das Auto unbedingt für die Fahrten zwischen seinem Wohnhaus in Lesum und seiner Dienststelle in der Bremer Neustadt. Ja, er ist auf den kleinen Pkw sehr angewiesen. Öffentliche Verkehrsmittel für diesen weiten Weg zu nutzen ist fast unmöglich, findet er. Und so streichelt er auch an diesem Tag wieder liebevoll das Fahrzeug. Er putzt und putzt, hat beide Türen, Kofferraum und auch die Motorhaube weit geöffnet.

Gerade in diesem Moment fährt das alte LF-TS, der Fahrschulwagen, auf den Hof der Feuerwache.

Schüler und Lehrer springen heraus und gesellen sich lachend zu ihren Kollegen.

Es ist schon spät geworden. Nach und nach verlassen die Beamten den Hof und gehen in den Aufenthaltsraum des Gebäudes. Auch Werner ist dabei. Die Türen seines Autos stehen noch offen, er werde sie später schließen, wenn alles abgetrocknet ist, erzählt er treuherzig.

Sie hatten Glück. Die Nacht ist ruhig gewesen. Schwatzend stehen die Beamten am Morgen zusammen, und warten auf ihre Ablösung, die Kollegen der neuen Wachbesatzung.

Nach 24 Stunden Dienst freut sich Werner auf den Feierabend. Gedankenverloren, eigentlich an nichts denkend ist er auf dem Weg zu seinem Auto. Schon sitzt er am Steuer des Lloyd. Zündschlüssel nach rechts drehen, alles geht automatisch. Aber, und was ist das, der Motor springt nicht an. Irritiert und durchaus hilflos versucht er immer wieder zu starten, ohne Erfolg, der kleine Motor verweigert konsequent den Dienst.

„Ich werde Schorse bitten", denkt Werner pfiffig, „der ist ja mal Autoschlosser gewesen, er wird die Ursache finden, er wird mir sicherlich helfen". Schon ist er wieder auf dem Weg in die obere Etage der Feuerwache, auf der Suche nach Schorse.
Natürlich hatten alle Kollegen inzwischen von Werners Missgeschick erfahren. Kreisförmig stehen sie um das kleine Auto herum, diskutieren und geben kluge Ratschläge. Auch Schorse ist

inzwischen auf dem Hof eingetroffen, und öffnet fachmännisch, mit nur einem Griff, die Motorhaube. Kaum hat er den freien Blick auf das Antriebsaggregat als er mit entsetztem Gesichtsausdruck seinem Kollegen zurief:

„Mensch, Werner, nun guck dir das mal an". „Das ist ja Wildverbiss". „Hier liegt ja ein toter Fuchs auf dem Motorblock". „Der hat wohl das Zündkabel durchgebissen und dabei einen tödlichen Stromschlag erhalten".

Ganz still und regungslos stand Werner, er konnte es nicht begreifen.

Pferdeboxen frei

Herr Behrens und seine Frau suchen schon seit einiger Zeit nach einem geeigneten Rastplatz. Sie sind schon den ganzen Vormittag mit ihren Fahrrädern unterwegs, und sind, und das ist durchaus verständlich, auf Grund ihres Alters, ein wenig erschöpft, sie benötigen, finden sie, unbedingt eine Pause.

Einen geeigneten Rastplatz zu finden ist gar nicht so einfach, das stellten die beiden schon während der Fahrt fest. Aber vielleicht hier in diesem kleinen Dorf. Schon am Ortsanfang waren sie dann voller Hoffnung als vor ihnen ein Gebäude, vielleicht ist es ein Bauernhof, mit einer großen, überdachten Remise, gleich rechts vor ihnen an der Straße, auftauchte. Dort werden wir bestimmt einen Platz finden.

„Das passt doch prima, sagt Frau Behrens zu ihrem Mann, als sie sich schon einen schönen Sitzplatz gesucht hatte. „Und schau mal, sagt sie zu ihm, und zeigt mit ausgestrecktem Zeigefinger auf ein riesengroßes Hinweisschild an der Stirnseite des Schuppens". „Hier gibt es auch kostenlose Vorführungen".

„Pferdeboxen frei, Anmeldung bei Bruns", stand dort mit riesigen Buchstaben geschrieben.
Wir haben ja den ganzen Tag Zeit, dachten Herr Behrens und seine Frau, hier werden wir rasten und uns eine Vorstellung ansehen.

„Ich war noch nie bei so einer Veranstaltung dabei, und ich kann mir den Ablauf überhaupt nicht vorstellen. Ich bin schon ganz aufgeregt", sagt die Frau von Herrn Behrens, „und du"? „Doch, doch, ich habe auch großes Interesse".
„Willst du nicht mal nachfragen gehen wann die nächste Vorstellung beginnt"?

Herr Behrens drückte vorsichtig den Klingel-knopf am Haupthaus, bei Bruns, gleich rechts um die Ecke. Es tat sich aber nichts, es dauerte eine ganze Weile. Schon wollte Herr Behrens wieder gehen als sich plötzlich doch die Haustür öffnete und ein älterer Herr nach dem Anliegen fragte.
„Guten Tag, ich möchte meine Frau und mich zur nächsten kostenlosen Vorstellung anmelden, wann geht die denn los", sagte Herr Behrens freundlich zu dem vermutlichen Besitzer dieses landwirt-schaftlichen Betriebes.

„Was denn für eine Vorstellung, hier gibt es keine Veranstaltung", verständnislos und durchaus ein wenig irritiert wegen dieser Frage, stand der Landwirt vor Herrn Behrens.

„Na nu, hier gibt es keine Veranstaltung"? Aber das ist ja seltsam, sie bieten es doch riesengroß an der Hauswand an, da steht doch mit ganz großen Buchstaben gedruckt: „Pferdeboxen frei", An-meldung hier, bei Bruns.

Flucht über die Ostsee

Wenn der große, inzwischen ergraute Mann an damals denkt, werden ihm jene Risiken bewusst, die er seinerzeit einfach ausgeblendet hatte. „Wir waren halt noch unheimlich jung", sagt Jürgen Tiews, wenn er von dem unglaublichen Abenteuer erzählt und hängt leise noch den Satz an: „Aber wir hatten auch einfach sehr viel Glück."

Die plötzlichen, dramatischen Veränderungen in der Deutsche Demokratische Republik, als am 13. August 1961 Kampfgruppen eine Mauer quer und um Berlin zu errichten begannen, bemerkte hier in Ahlbeck anfangs niemand, erzählt Tiews leise.
Doch schon bald hörten es die fassungslosen Bürger immer öfter im Rundfunk, oder sahen es im Fernsehen. Die Bewegungsfreiheit der Bürger war fortan total eingeschränkt, erinnert sich Tiews. Stacheldrahtzäune an der gesamten Westgrenze sperrten nun das Land ab.
Schlagartig waren dadurch die schönen "Ausflüge" nach Berlin-West zum „Cola" trinken vorbei. Auch der Weg zum Brandenburger Tor und an den Kuhdamm war nun versperrt. Immer schneller setzte dadurch in den Köpfen der jungen Generation ein Umdenkungsprozess ein. Immer massiver wuchs der Zweifel am Staatssystem. Wir jungen Leute begriffen es sofort, aber sprachen nur heimlich darüber. Es gärte bei der Jugend, auch in

mir, erzählt Tiews temperamentvoll. Einen Ausweg aus dieser Situation sahen viele nur dadurch - man muss das Land verlassen. Nur die Flucht aus der DDR brachte die Freiheit, da waren sie sich sicher. So riskierten sie es, selbst auf die Gefahr hin das Leben zu verlieren und überwanden Grenzanlagen oder nahmen den Fluchtweg über die Ostsee.

„In Ahlbeck, auf Usedom, wurde ich in eine alteingesessene Fischerfamilie hineingeboren". „Schon von klein auf nahm mich mein Vater, der hier nur „Tucker" genannt wurde, zum Fischen mit. Der Umgang mit seinen drei Fischerbooten war mir deshalb über ein Jahrzehnt sehr vertraut".

Rudolf Schmeling, ein Onkel von Jürgen Tiews, bei der Reparatur seiner Fischernetze, 1950

Im August 1955, Jürgen Tiews vor dem Fischerschuppen seines Vaters in dem sich der alte norwegische Kompass befand

„Ich hatte gerade meine Ausbildung zum Kühltechniker beendet, erzählt Tiews weiter, als sich auch mein Leben am 10. September 1962 dramatisch verändern sollte". Der Postbote brachte meine Einberufung zur Nationalen Volksarmee ins Haus. Schwer geschockt von dieser „Einladung" entwickelte sich spontan noch mehr Widerstand gegen das Staatssystem in mir. Fluchtgedanken kamen sofort auf und ließen mich nicht mehr los. Innerhalb kürzester Zeit reifte der Plan: „Ich haue ab, nehme den Weg über die Ostsee, flüchte nach Schweden in die Freiheit". Ich wollte es wagen, obwohl mir bekannt war, dass aufgrund des Schießbefehls an der innerdeutschen Grenze viele ihr Wagnis mit ihrem Leben bezahlten.

Erst viele Jahrzehnte später erfuhr ich, erzählt Tiews ganz leise weiter, dass dieses Wagnis 7000 Verzweifelte getan haben. Über 1000 von ihnen sind bei ihrem Fluchtversuch von uniformierten Landsleuten erschossen worden.

Dort, wo heute „Uwes Fischerhütte" am Strand von Ahlbeck betrieben wird, lag damals, nur wenige Meter davon entfernt, die „Seestern". Dieses 9 Meter lange und 3,50 Meter breite Eichenholz-Fischerboot meines Vaters hatte ich für meine Flucht ausgesucht. Heimlich und in kleinen Schritten machte ich es fluchtfertig. Der Tank war inzwischen mit 80 Litern Dieselkraftstoff randvoll gefüllt und 135 Liter in kleinen Kunststoffbehältern als Reserve an Bord deponiert.

Zum Glück war der alte defekte Motor vor einigen

Monaten durch einen auf dem Schwarzmarkt besorgten Lkw-Motor bereits ersetzt worden. Und der hölzerne Rumpf hatte schon vor einiger Zeit auf einer kleinen Ein-Personen Werft in Koserow ein neues Aussehen bekommen. Bei diesen Arbeiten halfen auch die Freunde Jürgen Priem und Joachim Stark. Schon damals diskutierten wir oberflächlich die Möglichkeit einer Flucht über die Ostsee.

In der fanglosen Zeit beförderte die „Seestern" Badegäste, um 1930

Uns war natürlich bewusst, was Republikflucht, wie es damals hieß, für Folgen haben kann.
Im damaligen offiziellen Sprachgebrauch der DDR war Republikflucht die Bezeichnung für das illegale Verlassen des Landes. Der so bezeichnete, un-gesetzliche Grenzübertritt wurde mit Freiheits-

strafen von bis zu zwei Jahren, in schweren Fällen mit bis zu acht Jahren geahndet.

Doch jetzt hatten wir uns entschieden, es gab kein zurück mehr. Wir waren doch noch jung, Angst vor Gefahren kannten wir nicht, oder verdrängten diese, es wurde jedenfalls nicht darüber gesprochen. Die gemeinsame Entscheidung „wir hauen ab", war wie eingebrannt, unauslöschbar. Schnell waren wir uns einig, dass es mit der „Seestern", dem offenen Fischerboot, mit der Registriernummer AHL 20, gelingen sollte.

Der Originalrettungsring der Seestern mit der amtlichen Nummer AHL 20, hängt heute in der kleinen Kellerbar von Jürgen Tiews

Der Plan war gefasst, jetzt musste es schnell gehen. Oberstes Gebot war ab sofort absolutes Schweigen. Keiner durfte etwas mitbekommen, nicht mal unsere Familien. Zu dieser Zeit hatten nämlich die Wände Ohren in unserem Land. Aber wir wussten damit umzugehen und konnten auch falsche Fährten legen.

Wir waren zu dritt. Ich war mit 17 Jahren der jüngste und unheimlich motiviert. Joachim und Jürgen jeweils drei Jahre älter. Zweifel an einem Fehlschlag des Unternehmens kamen mir überhaupt nicht in den Sinn. Ich vertraute auf das Erlernte, das ich bei den vielen Fischfangfahrten als Sohn eines Ahlbecker Fischers übermittelt bekommen hatte. Ich fühlte mich als vollwertiger Fischer und meine „seemännischen Kenntnisse", zu dem auch der Umgang mit einem Kompass auf See gehörte, sollte Garant für das Gelingen sein. Die seemännische Verantwortung übernahm ich deshalb bedenkenlos. Meine beiden Begleiter konnten, wie sich schon bald herausstellen sollte, seemännisch nicht helfen.

Ich hätte, sagt heute sehr selbstbewusst Jürgen Tiews, notfalls sogar allein die Flucht in die Freiheit über die Ostsee gewagt.

Um uns bei den „Uniformierten", den Grenzwächtern, die auf den Türmen entlang des Inselstrandes Ausschau hielten, „um so die Küste zu bewachen", bekannt und unverdächtig zu machen, unternahmen wir schon einige Tage vorher kleinere, bei ihnen angemeldete Fahrten zum Fischen. Immer in deren Sichtweite warfen wir das Schleppnetz aus, und wussten, dass pausenlos Ferngläser der Grenzsoldaten auf uns gerichtet waren.

Es ist Herbst 1962, die „Seestern" ist startklar. Stille herrscht abends am Strand von Ahlbeck, beendet ist der tägliche Arbeitsrhythmus. Es ist die Tageszeit in der die Einwohner sich gewöhnlich in ihren Häusern aufhalten. Ruhe war überall eingekehrt, der Strand menschenleer. Hin und wieder steigt ein Vogel auf, eine Stockente, vielleicht sogar ein Austernfischer. Ein Graureiher fliegt majestätisch und geräuschlos ins Landesinnere. Die Natur atmete jetzt langsam, befindet sich in ihrer Erholungsphase.

Tag des Wagnisses

Ich kann mich gut an meine Ungeduld erinnern. Es war ein Sonnabend, der 15. September 1962. Die Wettervorhersage konnte nicht besser sein. Es herrschte Landwind mit einer leichten Brise aus Südost der Stärke drei. Die See war spiegelglatt. Der alte norwegische Kugelkompass meines Vaters, den ich heimlich aus dem Holzkastenversteck im elterlichen Fischerschuppen am Strand geholt hatte, war bereits an Bord. Seekarten jedoch gab es nicht, danach zu fragen wäre viel zu auffällig und gefährlich gewesen.

Der Tag des großen Abenteuers, der Flucht aus der DDR in die Freiheit war gekommen. Fast unerträglich, die innere Anspannung.

Obwohl uns das grob gefasste Ziel, die Südspitze von Schweden, völlig unbekannt war, waren wir der festen Überzeugung das Ziel zu erreichen.

Fischerboote am Strand von Ahlbeck um 1960

Die Sonne stand am Horizont und die Abenddämmerung setzte langsam ein. Über meiner Schulter hing ein kleiner Campingbeutel als ich möglichst unauffällig zum Strand schlenderte. Eine Mettwurst, etwas zu trinken, der Gesellenbrief, mein Ausweis und eine Taschenlampe befanden sich in ihm. Eingepackt in dicke Pullover, und nicht darüber nachdenkend, was passieren könnte, wenn die Sache schief läuft. Es sollte aussehen als ginge ich zum Fischen.

Ordnungsgemäß hatte ich uns bei den Grenzern, die am Strand Wache liefen, zum Fischen abgemeldet. „Wenn wir nichts fangen, so erzählte ich ihnen, und die Netze leer bleiben, kommen wir gegen 22.oo Uhr zurück, ansonsten nachts um zwei Uhr".
Es ist gegen 19.oo Uhr als wir ablegten. Noch in der Pommerschen Bucht, zwischen Ahlbeck und Heringsdorf, nur einen Kilometer vom Strand entfernt, fuhren wir noch eine halbe Stunde, natürlich nur als Ablenkungsmanöver, mit dem Schleppnetz.

Plötzlich war aus der Ferne das dumpfe Dröhnen eines DDR-Zollschiffes zu hören. Eigentlich nichts Außergewöhnliches, denn der nahe Grenzbereich zu Polen und die Suche nach eventuellen Flüchtlingen führte auf der Ostsee um Ahlbeck immer zu vermehrten Kontrollfahrten. Trotzdem unser Blutdruck stieg, pulsierte, erreichte Höchstwerte.
Dann sahen wir ihn, den mit hoher Geschwindigkeit, von Rügen herkommenden Zollkreuzer. Er hielt mit seinen sechs Mann Besatzung direkt auf uns zu.
Erste Verunsicherung und ein Unbehagen befiel uns sofort, was wollten die von uns, ist jetzt schon alles vorbei, gab es doch eine undichte Stelle? Einfach nur weiter fischen, Ruhe bewahren, nicht nervös werden. Doch dann, 150 Meter vor unserem

Boot, stoppte der Kreuzer und wir konnten gut erkennen wie die mit Feldstechern ausgerüsteten Zöllner uns eine halbe Stunde lang pausenlos beobachteten. Genau so schnell wie sie aus dem Nichts auftauchten, verschwanden sie dann wieder in Richtung der Nachbarinsel. Wir waren wohl nicht verdächtig geworden.

Noch während des Phantomfischens kam plötzlich ein großer Frachter aus Swinemünde an uns vorbei. Welch glücklicher Zufall. Sofort beendeten wir unser Schaufischen, kappten die Schleppnetze und fuhren, auf der von den Wächtern nicht einzusehenden Seeseite, eine ganze Zeit neben dem schnell fahrenden Dampfer her.

Um den Grenzschützern vor Rügen aus den Augen zu gehen und ihnen nicht in die Arme zu fahren, änderte ich jedoch spontan unser Vorhaben die Nord-West Route nach Schweden zu nehmen. Die Kompassnadel zeigte nun auf Nord-Ost, grobe Richtung Bornholm.

Die Zeit verlief unbemerkt und die Nacht war inzwischen hereingebrochen. Jürgen Prien hockte krank auf dem Bootsboden. Elend war ihm zu Mute. Grün hatte sich sein Gesicht verfärbt. Ein vortägliches Fischessen sei wohl der Übeltäter, vermutete er. Oder war es eine aufkommenden Seekrankheit? Er kämpfte pausenlos mit seiner großen, nicht endenden Übelkeit. Joachim Stark jedoch hatte einen Platz am Bug eingenommen. Er sollte die gesamte Zeit dort zusammengekauert sitzen bleiben.

Die Dunkelheit hatte uns verschluckt. Absolute Stille umgab uns. Nur das Tuckern des Motors war zu hören. Er lief angenehm gleichmäßig mit einer Geschwindigkeit von 7 bis 8 Meilen pro Stunde. Konzentriert, den Blick immer nur fest auf den Kompass gerichtet, und die Ruderpinne fest in der Hand haltend, bemerkte ich es allerdings kaum.

Ich starrte angestrengt in die schon am Bootsrand beginnende dunkle Nacht, versuchte so Winziges zu erkennen. Nein, es war nicht möglich. Ab und zu blickten wir verstohlen zurück, doch Lichter von Usedom waren nicht mehr zu erkennen. Sie hätten vielleicht Hinweis geben können auf das sich schnell entfernende zu Hause. Ohne es bewusst wahrzunehmen hatten wir uns schon weit von unserer Insel entfernt. Auch mein Zeitgefühl war mir inzwischen schon verloren gegangen, nur der Blick auf meine Armbanduhr lies erahnen, wie weit wir uns schon von der Heimat entfernt hatten.

Das einzige Geräusch im Boot erzeugte der gleichmäßig brummende Dieselmotor, denn gesprochen haben wir nicht. Jeder hing wohl seinen Gedanken nach, grübelte sicherlich auch über den ungewissen Ausgang dieser Abenteuerfahrt. Kleine Zweifel und Sorgen stellten sich immer öfter ein. Bleibt das Wetter stabil, werden wir das erhoffte Ziel erreichen und was bringt die Zukunft. Gedanken an die Eltern und Geschwister kamen auf, Gewissensbisse nicht mit ihnen über unser Vorhaben gesprochen zu haben. Diese moralischen Schuldgefühle belasteten sehr.

„Ohne sich von der Familie zu verabschieden, einfach aus ihrem Leben zu stehlen war für mich eine schwere Hypothek", erzählt Tiews leise. Ungewissheit auch, ob es jemals ein Wiedersehen geben wird. Grausame Gedanken die die Seele in dunkler Nacht auf der Ostsee marterten.

Einmal durchflutete uns für einen kurzen Moment große Freude, wir glaubten uns schon am Ziel, sahen die Freiheit nahe. Ein unglaubliches Glücksgefühl, ein Gefühl des Jauchzens. Wir sahen Lichter in der Ferne. Jetzt schon in Schweden, haben wir es geschafft? Schnell aufkommender Zweifel beschlich uns, es konnte zeitlich nicht stimmen. Es waren offensichtlich die Lichter von Rönne auf Bornholm. Sofort wurde mir bewusst, auf diesem Kurs kommen wir nie nach Schweden. Sofort änderte ich die Fahrtrichtung auf Nord-West, südlich unterhalb an Bornholm vorbei. Jetzt werden wir unser erhofftes Ziel erreichen, davon war ich fest überzeugt.

Es ist bereits vier Uhr morgens. Die bisherige, neunstündige Fahrt ist fast unbemerkt vergangen, sie verlief problemlos und der neue Morgen graute bereits. Joachim und ich saßen schweigend im Boot, Jürgen kämpfte immer noch mit seiner

Übelkeit. Das eintönige tuckern des Dieselmotors verstärkte die einsamen Gefühle als sich unsere Situation schlagartig änderte. Es waren deutlich Motorengeräusche am Himmel und von See zu hören. Beunruhigt und zweifelnd schauten wir uns an, haben wir uns das nur eingebildet? Aus unseren melancholischen Gedanken gerissen ließ ein gewaltiger Adrenalinschub uns hellwach werden, der Atem stockte. Jetzt immer deutlicher war am Horizont ein Hubschrauber und auf See schemenhaft ein Schiff zu erkennen. Grelle Lichtkegel glitten kreuz und quer über das Wasser und erhellten es sekundenlang. Die Suche nach uns war offensichtlich in großem Rahmen angelaufen. Sofort drosselten wir wegen der Geräuschentwicklung den Motor, legten uns flach in das Boot und hofften unentdeckt zu bleiben. Positionslichter hatten wir ja aus Sicherheitsgründen nicht gesetzt. Verschmolzen mit der Nacht verharrten wir eine halbe Stunde lang, flach im Boot liegend, als plötzlich wieder Stille einkehrte. So plötzlich wie sie erschienen waren sind sie wieder verschwunden. Ergebnislos hatten die Suchmannschaften offensichtlich ihren Auftrag beendet.

Es ist gut gegangen, sie haben uns nicht gefunden. Inzwischen hatte sich allerdings das Wetter brutal verschlechtert und wurde dadurch sicherlich auch zu unserem Helfer und Beschützer. Sturm war aufgekommen. Böen der Stärke sieben bis acht, teilweise darüber, schüttelten unser kleines Boot. Die See brodelte, überschlagende Wellen flößten uns panische Angst ein. Den Motor hatte ich vorsichtshalber mit meiner alten Öljacke abgedeckt, er durfte keineswegs nass werden. Bei solch einer Situation kommt es darauf an, erzählt Tiews, immer mit dem Boot auf dem Wellenkamm zu reiten, im richtigen Moment Vollgas zu geben und sich dann ins Tal tragen zu lassen.

Ohne Vorwarnung bekam die Höllenfahrt, der Ritt auf den Wellen, einen weiteren dramatischen Höhepunkt. Der bisher zuverlässig laufende Motor lies uns plötzlich im Stich. Er ging einfach aus, war nicht mehr in Betrieb zu nehmen. Jetzt packte der Sturm das antriebslose Boot, warf es meterhoch. Mitten auf der Ostsee, ein Spielball der Naturgewalten. Panische Gedanken bemächtigten sich uns als die Berufsausbildung von Joachim Stark, der auf einer Werft Schiffbauer gelernt hatte, unsere Rettung werden sollte. „Der Kraftstofffilter ist verstopft", stellte er fest. Vorsichtig löste er das Schauglas, bei den pausenlosen, extremen Schaukelbewegungen des Bootes eine schwierige Sache. Oberstes Gebot war es das Glas wie ein rohes Ei zu schützen, mit ihm durfte nichts passieren, wenn es zerbräche, wären wir verloren. Es ist gut gegangen, den verschmutzten Filter reinigten wir mit Dieselkraftstoff und drehten das Schauglas wieder an seinen Platz. Jetzt nur noch Entlüften und hoffen. Der Motor sprang problemlos wieder an.

Ein weiteres Ereignis hätte genau so tragisch

enden können. Zufällig bemerkte Joachim Stark, dass der Kraftstofftank defekt ist. Aus vielen kleinen Löchern spritzte Diesel heraus, eine Katastrophe. Was sollten wir machen, ein Reservetank war nicht vorhanden. Meine Entscheidung vor der Abreise, eine Taschenlampe mitzunehmen, zahlte sich jetzt aus. In jedes dieser vielen kleinen Löcher steckten wir angespitzte Streichhölzer und verschlossen sie auf diese Art provisorisch.

Endlich am Ziel

Nur unterbrochen durch eine schmale, sich öffnende Einfahrt tauchte aus dem Morgendunst plötzlich ein riesiger Steinwall vor uns auf. Ich fuhr einfach hinein, ein überlegen war nicht mehr möglich, zu müde, zu erschöpft, ich hoffte auf das ersehnte Ziel. Eng war das kleine Hafenbecken und alle Anlegeplätze schon belegt. In zweiter Reihe machten wir deshalb an einem Kutter fest. Verunsichert schauten wir wartend um uns, wussten nicht wo wir uns befanden.

Es kann sich doch nur um Schweden handeln.

Die Odyssee, unsere Flucht, 90 Meilen über die Ostsee in einem offenen, hölzernen Fischerboot, endete nach 13 Stunden, um neun Uhr morgens, rein zufällig in dem mir völlig unbekannten, ehemaligen Schmugglerhafen von Smygehamm, etwas östlich von Trelleborg, in Schweden.

Ein wenig stolz auf das Geleistete, erzählt Jürgen Tiews schließlich, „ich habe die ganze Zeit allein an der Ruderpinne gesessen, Meer und Kompass pausenlos beobachtet, von meinen beiden Begleitern wollte und hätte ich auch keine Hilfe bekommen."

Der Kampf gegen die permanente Müdigkeit und die Naturgewalten und die Angst vor den Häschern war hier glücklich zu Ende gegangen. Jämmerlich frierend und übernächtigt, aber glücklich, standen wir fassungslos in der freien Welt, und bestaunten vom Boot aus dieses neue Leben, als eine junge Frau an die Kaimauer trat und uns durch Handzeichen den Hinweis gab, vorerst im Boot zu bleiben. Motorgeräusche eines Autos waren schon bald zu hören. Es kam offensichtlich direkt auf uns zu. Vier Männer entstiegen ihm und gaben uns zu verstehen, dass wir mitkommen sollten. Nach ausgiebiger freundlicher Befragung in der nur wenige Meter entfernten Polizeistadion, sorgten die schwedischen Behörden zuerst für ein ausgiebiges Frühstück und später für die Möglichkeit des Ausschlafens in einem angrenzenden Hotel.

Eine lange, erquickende Nachtruhe und am nächsten Morgen das gute Frühstück hatte uns wieder zum Leben erweckt. Voll neuer Energie warteten wir euphorisch auf das Kommende. Schon bald meldete sich die Schwedische Polizei und bat uns zu folgen. Voller Zuversicht nahmen wir Platz in dem nordischen „Buckel-Volvo". „Die Fahrt war wie ein Traum für mich, ich nahm sie überhaupt nicht war, erzählt Tiews weiter. Das Fahrtziel war die Botschaft der Bundesrepublik Deutschland in Malmö. Hier erhielten wir nach eingehender Befragung und Willkommensglückwünschen neben einem Drei-Tage-Pass, auch ein Ticket für die Fähre von Trelleborg nach Kopenhagen und weiter nach Großenbrode.

Der Sonntagmorgen in Ahlbeck

Verzweifelt lief Vater Alfred Tiews an diesem Samstagabend, noch nach 23 Uhr am Ortsrand immer auf und ab, blickte suchend aufs Meer und wartete voller Sorge auf seinen Sohn. Er konnte es sich nicht erklären.
Eine plötzliche Eingebung lies ihn zu seinem Fischerschuppen gehen und nun sah er, dass der alte norwegische Kompass nicht mehr an seinem angestammten Platz lag. Jetzt war im schlagartig klar was mit seinem Sohn geschehen ist. Aufgeregt nahm er den Weg nach Haus, weckte noch nachts um zwei Uhr seine Frau, und erklärte der aus dem Tiefschlaf gerissenen verzweifelt: „Der Junge ist abgehauen, ich muss zur Polizei gehen und melden, dass Jürgen nicht vom Fischen zurückgekommen ist aber ich werde noch zwei Stunden warten". „Diese Zeit braucht er unbedingt als Vorsprung".

Wie ein Lauffeuer hatte sich am Sonntagmorgen in Ahlbeck herumgesprochen, dass drei junge Männer nicht vom Fischen zurückgekommen seien. Die Einwohner waren in heller Aufruhr. Was war mit ihnen geschehen, waren sie verunglückt? Gewissheit sollte das Dorf schon bald bekommen. In Ahlbeck war am Sonntag der Teufel los. Die Behörden hatten Vollalarm ausgelöst. Bereits morgens gegen neun Uhr marschierten Grenzpolizisten durch den Ort und das Ministerium für Staatssicherheit hatte sechs hohe Offiziere in das kleine Seebad geschickt. Rücksichtslos verschafften sie sich Zutritt in die Wohnungen der Eltern der drei jungen Männer. Vater Alfred Tiews und der Dorfpolizist wurden sofort festgenommen und eingesperrt. Einen ganzen Tag wurden sie verhört, dann kam Tiews wieder frei. Dem Polizisten, obwohl völlig unschuldig und ahnungslos, erging es schlechter. Mehrere Tage hielt man ihn gefangen, quälte ihn mit Verhörmarter, ehe auch er nach Hause konnte.

Bei der alten Frau Stark in Korswandt schlugen sie brutal an die Haustür, bestanden auf Einlass und befragten sie barsch wo ihr Sohn Joachim sei. Sie solle nicht lügen, sonst würde sie sofort verhaftet.

Auf der Ostsee wimmelte es unterdessen von Suchschiffen und Hubschraubern.

Nur wenige Stunden später, am Sonntagnachmittag, meldete die schwedische Regierung dass drei junge Fischer aus Ahlbeck mit einem Boot auf ihrem Hoheitsgebiet gelandet seien und um Hilfe und Aufnahme gebeten haben.

Zu gleicher Zeit verbreitete der DDR-Strandfunk, dass drei Verbrecher mit einem Fischerboot Republikflucht begangen hätten und ausgerissen seien.

Jürgen Tiews hinter dem Tresen seiner kleinen Kellerbar, im Jahre 2000

DDR-Logger von Artur Tiews im Hafen von Smygehamm, 1963

Um die Seestern war es still geworden. Vier Wochen lag sie festgemacht und verlassen in dem kleinen Hafen. Niemand fühlte sich für sie verantwortlich, die Eigentumsverhältnisse zu verschwommen, zu ungeklärt. Ein Kran hievte schließlich das Boot an Land. Dort lag sie nun ein ganzes Jahr lang.
Die Machthaber der DDR entschieden schließlich das Fischerboot zu bergen. Artur Tiews, ein Onkel von Jürgen Tiews, erhielt den Auftrag mit seinem Logger die „Seestern" in Schlepp zu nehmen und nach Karlshagen zu überführen.

102

Kleider machen doch Leute

Schon viele Jahre steht sie mit ihrem Verkaufswagen an der Stirnseite der 800 Jahre alten Kirche,
unterhalb der zwei ungleichen Türme, immer an
der gleichen Stelle. Hier betreibt sie mit
Leidenschaft Handel mit den bunten Pflanzen.
Wirklich, Blumen-Sophie gehört zum Blumenmarkt
wie der Roland zu Bremen. Beinahe jeder Marktbesucher kennt sie und ihren Stand, oft bleiben sie
stehen und schnacken ein wenig mit ihr. Und wer
sie nicht sieht, der hört sie.

Stammkunden hat sie schon seit Jahren die zu

ihr kommen. Diese kommen aber nicht nur wegen ihrer Qualitätsblumen, nein, sie kommen besonders wegen Sophie, dieser originellen Blumenfrau vom Markt.

Von morgens an steht sie vor ihrem Verkaufswagen und redet mit jedem Marktbesucher der gerade vorbei kommt, allerdings nur wenn das Wetter gut ist. Immer hat sie dann für jeden einen kleinen Spruch parat, und das in perfekter Plattdeutscher Sprache. Pfiffig wartet sie auf die Reaktion der Angesprochenen, beobachtet ihre Mimik, schaut genau ob diese auch verstanden haben was sie gerade erzählt hat.

Aber gelegentlich redet sie auch in Hochdeutsch, gerade wie sie gelaunt ist. Aber immer spricht sie in der „Du-Form". Man könnte meinen sie kenne alle Bremer Bürger.

Manchmal schaut auch der Bürgermeister auf seinem Weg ins Rathaus kurz bei ihr vorbei, grüßt freundlich, lobt ihre schönen Blumen und wünscht ihr einen guten Tag. „Na, Bürgermeister, antwortet sie ihm meistens, musst du schon wieder zur Arbeit, du hast es wirklich schwer, ne, mit dir möchte ich nicht tauschen".

Unlängst, an einem Vormittag, betrat nun ein offensichtlich unkundiger junger Mann, in einer allerdings stark verunsicherten Verfassung, den Blumenmarkt.

Das passt ja perfekt, hatten seine Kollegen von der Landeszentralbank am Morgen, gleich zu Arbeitsbeginn, zu ihm gesagt. Heute ist doch wieder Blumenmarkt und hinter der Kirche steht Sophie mit ihrem Stand. Zu ihr musst du gehen, rieten ihm die Kollegen, die ist freundlich und macht dir bestimmt einen schönen Strauß.

Heino, der junge Mann, gehorchte natürlich den älteren Kollegen, denn er wusste, wer in Bremen zu was kommen will, der muss nicht nur ein bisschen Geduld mitbringen, auch so mancher Botengang gehört dazu. Anders geht es nicht.

Gabi, die freundliche Kollegin, hat heute nämlich Geburtstag und sie wollen sie mit einem kleinen Blumenpräsent überraschen.

Ein wenig musste er auf dem Markt suchen, dann hatte er ihn gefunden, den Blumenstand von Sophie. Wortlos und sich umschauend steht Heino nun abwartend zwischen der riesigen blumigen Auswahl.

„Na, junger Mann, was kann ich für dich tun, was möchtest du denn haben“, Sophie ist einfach umwerfend.

Der junge Mann schluckt bevor er seinen Wunsch äußert: „Ich möchte einen Geburts-tagsblumenstrauß für meine Kollegin Gabi kaufen“, sagt er zu Sophie der Blumenfrau. „Stellen sie doch bitte einen schönen Strauß zusammen“.

Flink und routiniert ergreift Sophie die einzelnen Blumen und steckt sie gekonnt zusammen. Wirklich sie gibt sich große Mühe. Freundlich fragt sie schließlich den jungen Mann ob der Strauß ihm denn gefalle, nennt den Preis und reicht ihm die Blumen.

„Er gefällt mir sehr gut, da wird sich meine

Kollegin bestimmt freuen. „Wirklich es ist ein tolles Gesteck, wie viel bin ich ihnen denn schuldig", fragt er Sophie und greift zugleich in seine Gesäßtasche. Kaum hat Heino ausgesprochen als er wie versteinert verstummt. Wie furchtbar, tief erschrocken steht er vor der Blumenfrau. „Das ist mir aber peinlich, ich habe gar kein Geld bei mir, ich habe es auf der Dienststelle vergessen". „Bitte stellen sie doch die Blumen zurück, ich hole nur schnell mein Portemonnaie, ich bin gleich wieder da".

„Ach lass das man, antwortet Sophie und ist wieder umwerfend, das ist nicht so schlimm, nimm man den Strauß für deine Kollegin ruhig so mit, sie wird sich freuen. Du kannst mir später das Geld bringen".
„Weißt du, zu Männern im Anzug und mit Schlips und Kragen habe ich nämlich absolutes Vertrauen".

Blumenmarkt in Bremen, 2014

Maulwurfplage

Ganz allein, einsam, mitten im Wald auf einer kleinen Lichtung stand das Gebäude. Als sie es zum ersten mal sahen löste es trotzdem überschäumende Begeisterung bei ihnen aus. Das junge Ehepaar entschloss sich, Anfang der 1990iger Jahre, deshalb sofort zum Kauf dieser gebrauchten, aber durchaus imposanten Immobilie. Richtig stolz sind sie inzwischen auf das schöne reetgedeckte Haus mit der großen Rasenfläche direkt dahinter.

Es dämmerte bereits, Ruhe war eingekehrt, ganz still und fassungslos standen sie vor der großen Rasenfläche. "Einer allein kann das unmöglich geschafft haben", überlegten sie, als sie ihren Rasen betrachteten. Ja, da waren sich die beiden ganz sicher. Bei dieser enormen Wühltätigkeit kann es sich nur um eine fleißige Maulwurfgroßfamilie handeln. Erdhügel an Erdhügel, gefühlt waren es wohl mehrere Hundert, hatten im Laufe der Zeit aus dem einst sicherlich gepflegten Grün eine Mondlandschaft entstehen lassen.

Damals, grübeln sie, bei der Besichtigung der Immobilie, ist es uns überhaupt nicht aufgefallen und auch der Immobilienmakler hatte von den fleißigen Untermietern nichts erzählt. Fassungslos schauen sie immer wieder auf die Arbeit der kleinen, schwarzen Wühler. Vielleicht war es ihm gar nicht bekannt, oder er hatte es uns einfach verschwiegen, sinnieren die beiden weiter.

Bemerkt haben wir die Mondlandschaft ja aber auch erst während des Einzugs, als unsere helfenden Freunde, während einer Pause, über die Rasenfläche mit den unzähligen Maulwurfshaufen amüsiert spotteten und lästerten.

Ja, das hatte sie mitten ins Herz getroffen, hat ihnen richtig wehgetan. Wirklich, dieser Spott schmerzte, und so beschlossen die jungen Hausbesitzer umgehend einen Landschaftsgärtner zu beauftragen, der sie von der Maulwurfplage befreien soll.

"Wir werden den alten Rasen abtragen und anschließend die gesamte Fläche mit einem stabilen Metallgittergewebe abdecken, dann kann der Maulwurf keinen Schaden mehr anrichten", erklärte der Fachmann. "Nach dem Verlegen des neuen Rollrasens haben sie für immer einen perfekten, makellosen Zierrasen", versprach er überzeugend.

Die jungen Leute waren, trotz der enormen Kosten von 20.000 DM, von dieser Idee total begeistert.

Einige Wochen später, bei der großen Einweihungsfete, die schon am Nachmittag begann, präsentierten sie bei einem Rundgang ihren Gästen stolz das neu verlegte Grün. „Nie wieder wird uns der Maulwurf Ärger bereiten". Fachmännisch erklärte Michael den Freunden das Prinzip der Maulwurfsperre, schwärmte dass die Tiere die unterirdische Metallgittersperre nicht überwinden können. "Ja, es ist ein gutes Gefühl zu wissen, dass wir für alle Zeit Ruhe haben vor diesen Plagegeistern". Sie strahlten, man sah ihnen ihr Glück regelrecht an.

Wirklich, alle staunten und sprachen ob dieser gärtnerischen, beinahe genialen Leistung ihre Bewunderung aus. Nur Hans nicht, er wusste schon länger von der anstehenden Gärtneraktion. Michael, der Hausbesitzer, war nämlich sein Freund und hatte ihm doch immer wieder voller Euphorie davon erzählt.

Der Nachmittag ging langsam zu Ende. Es ist die Zeit in der Natur in der die schwarzen, fleißigen, unterirdischen Gräber aktiv werden. Doch daran dachten die Gäste natürlich nicht, wussten es wohl auch nicht. Sie feierten ausgiebig. Nur Hans nicht. Es fiel überhaupt nicht auf, niemand bemerkte es in dem fröhlichen Gewusel, dass Hans wortlos und unauffällig das Gebäude verlassen hatte. Ganz leise ist er aus dem Haus getreten und zum Parkplatz gegangen. Immer wieder schaute er vorsichtig nach allen Seiten, sicherte, er musste unbemerkt bleiben. Alles ist gut vorbereitet.

Geräuschlos öffnete sich auf Knopfdruck der Kofferraum seines Autos. Mehrere prall gefüllte Plastiktüten sind zu erkennen, sie stehen nebeneinander, säuberlich und griffbereit. Jetzt ging alles sehr schnell. Flink aber vorsichtig ergreift Hans zwei dieser Kunststoffbehältnisse. Ganz nah an die rückwärtige Hauswand geschmiegt schleicht er leise und vor Anstrengung ein wenig schnaufend, um das Gebäude. Sechs mit gutem Butendieker

Mutterboden gefüllte Plastiktüten schleppt er in den hinteren Grundstücksbereich.

Niemand hat ihn beobachtet, niemand hat ihn gehört, zu laut ist es im Haus. Das riesige Stimmengewirr der Feiernden , einzelne Worte sind kaum zu verstehen, übertönt sämtliche anderen Geräusche. Sie sind gut gelaunt, überschwänglich feiern die Einweihungsgäste. Auch die Gastgeber genießen diesen Tag. Sie strahlen sichtlich, sind stolz vor Glück. Immer wieder beglückwünschen die Gäste das junge Ehepaar, loben das schöne Haus und den besonders tollen neuen Rasen. Ja, man sah den Beiden an, sie waren total glücklich.

Es dämmerte draußen schon als Hans, der Freund des Hausherrn, über die Terrasse kommend, wieder zu den Gästen tritt.

Aufgeregt und laut spricht er bewusst den Hausherrn an, so dass jeder es hören muss.

"Mensch, Michael, ich habe mir gerade ein wenig die Beine vertreten und einen kleinen Rundgang um das Haus gemacht. Dabei bin ich auch an dem neu verlegten Rasen vorbei ge-kommen, hast du ihn inzwischen schon mal angesehen"? "Nein, was soll damit sein". Eine leichte Verunsicherung war deutlich aus Michaels Stimmlage zu hören.

Gemeinsam traten alle, lachend und anfangs noch laut schwatzend, aus dem Haus.

Inmitten seiner Freunde stand der Hausherr als ihn offensichtlich in diesem Moment eine schwere Schockstarre ereilte. Bewegungslos starrte er auf seinen Rasen. Immer wieder schüttelte er leicht mit dem Kopf, konnte es nicht glauben. Er brachte keinen Ton heraus, stand wie gelähmt. Er konnte es nicht glauben, denn das, was er vor sich auf der neuen, teuren Rollrasenfläche sah, verschlug ihm total die Sprache.

Unfassbar, ganz nah vor ihm sah er zehn frische Maulwurfhaufen.

Eine vollendete Geheimsprache

„Ich habe sie deutlich gehört, allerdings ohne sie zu sehen", sagt Herr Behrens zu seiner Frau. Anfangs hörte ich noch rein zufällig zu, nahm es mehr unbewusst war und machte mir kaum Gedanken. Schließlich dann aber immer interessierter. Verstanden habe ich jedoch das Gespräch nicht, erzählt er weiter.

„Der Stimme nach zu urteilen muss es wohl noch eine junge Frau gewesen sein die gesprochen hatte". „Du kannst mir glauben, das Gespräch hatte mich total verwirrt". „Doch, stell dir mal vor", sagt Herr Behrens zu seiner Frau weiter, „offensichtlich unterhielten sich aber zwei Damen, von denen jedoch nur die eine der beiden Gesprächspartnerinnen zu vernehmen war". Und, davon war ich überzeugt, die Damen benutzen sicherlich eine vollendete Geheimsprache, weil ich immer nur folgendes hörte: "Okay." - "Okay!" - "Okay!"- "Okay?" - "Okay." - "Okay?".

Etwa zehn Minuten unterhielten sich die Damen so. Ich konnte am Klang der Stimmlage deutlich die Satzzeichen heraushören, mal Punkt, mal Ausrufungszeichen, mal Fragezeichen. Schließlich wurde das Gespräch mit einem" Okay!" beendet.

Schade, ich hätte zu gern gewusst worüber sich die Damen unterhalten haben.

Glauben

„Weißt du, sagt Herr Behrens zu seiner Frau, eigentlich wollte ich nur ein bisschen in meinem Ohrensessel ganz gemütlich entspannen, dösen, wollte an nichts Bestimmtes denken, einfach nur ausruhen, nur so vor mich hin grübeln". „Aber es klappte wieder nicht, weil, wie so oft, wenn ich in meinem Ohrensessel sitze, ging bei mir plötzlich wieder das Denken los, ohne an etwas Bestimmtes allerdings, „Aber, es ist schon erstaunlich was mir dann so alles durch den Kopf geht". Oft sind es die skurrilsten Gedanken, eigentlich unerklärliche.

„Heute zum Beispiel war es der Glaube". „Ich habe lange überlegt warum Menschen eigentlich glauben, und ob sie sich über ihr Verhalten auch Gedanken machen und ob sie das was sie glauben auch erklären können". „Ich finde, sagt Herr Behrens, das sind manchmal schon seltsame Geschichten an die sie glauben".

„Kannst du dir das vorstellen, manche glauben doch tatsächlich, dass sie damit die absolute Gesundheit erhalten wenn sie ihre Ostereier vom Pastor noch vor Ostern segnen lassen, und dass sie dadurch viel Geld für die Zukunft sparen, weil sie dann aus der Krankenkasse austreten können. Sie glauben nämlich fest daran dass das gesegnete Ei sie vor allen möglichen Krankheiten schützt. Auch vor Grippe und Schnupfen".

„Ich weiß gar nicht ob das mit dem Glauben so eine vernünftige Sache ist", diskutiert Herr Behrens weiter mit seiner Frau. „Manchmal glaube ich nämlich, dass es vielleicht wirklich viel klüger ist nicht zu glauben und einfach nur nachzudenken", sinniert er weiter.
„Zu einem endgültigen Ergebnis bin ich aber nicht gekommen" sagt Herr Behrens.

Und dann, und das ist mir schon lange aufgefallen, ist, dass man mit vielen Menschen überhaupt nicht sachlich über Glauben reden kann, sie diskotieren nicht, beharren konsequent auf ihrer Meinung, und blocken manchmal einfach das Gespräch mit dem Satz ab, dass man Dinge nicht unbedingt verstehen, sondern nur Glauben muss. Aber das ist mir zu undurchsichtig, zu unklar, zu einfach. Natürlich, habe ich durchaus auch schon mal geglaubt, aber, wenn ich in Ruhe darüber nachdenke, meistens war es vergebens. „ Ich weiß wohl, dass im allgemeinen gesagt wird, dass der Glaube Berge versetzen kann, wenn man nur fest genug daran glaubt, aber ob das stimmt, bezweifele ich doch sehr".
Diesbezüglich fallen mir spontan zwei Beispiele aus der Vergangenheit ein, da hatte ich auch fest geglaubt.

„Kannst du dich noch an unsere Fahrt ins Allgäu erinnern, als wir Tante Martha besuchen wollten"? „Was war das schließlich für eine Tragödie durch den Glauben". „Ganz fest hatte ich damals doch geglaubt, dass die Tankfüllung unseres Autos bis zum Wohnort von Tante Martha reichen wird".

„Und hat uns der feste Glaube geholfen, nein".
„Ich hätte lieber nachdenken sollen und nicht so fest glauben".
Natürlich hat der Kraftstoff nicht gereicht, der Weg war viel zu weit. Plötzlich standen wir beinahe hilflos da. Eine Ewigkeit ging uns dadurch verloren weil wir ja nach einer Tankstelle suchen mussten.

„Oder, es liegt aber schon ein paar Jahre zurück, sagt Herr Behrens zu seiner Frau, ich kann mich noch gut an den jungen Mann erinnern. An den neuen Kollegen, in meiner damaligen Firma. Freundlich und nett war er, wirklich, eigentlich mochten wir ihn alle. „Wenn da nicht sein Glaube gewesen wäre".
„Stell dir mal vor, der glaubte doch tatsächlich den ganzen Tag über nichts tun zu müssen, einfach nur anwesend zu sein. Der Glaube half ihm nichts. Nur wenige Tage dauerte sein Glauben, dann war dieses Arbeitsverhältnis für ihn beendet".

Beerdigung

Friedrich Kuhn, ein guter Freund und Mitglied des wöchentlichen Stammtisches, wollte eigentlich an diesem Morgen gar nichts, nur ein bisschen schnacken, ein bisschen klönen, vielleicht einen kleinen Schluck trinken.

„Guten Morgen Frau Behrens, begrüßt er die Frau seines Freundes, ist denn ihr Mann da?" Freundlich erkundigte sich der Stammtischfreund bei Frau Behrens als diese die Haustür öffnete. „Nee!" lautete die klare und jeden Zweifel ausschaltende kurze Antwort.
"Das ist aber schade, ich hoffe, dass es ihm gut geht. „Wo ist er denn?" bohrte Friedrich Kuhn vorsichtig.
„Auffer Beerdigung", ein bisschen unwirsch klang es zurück.
"Ach, auf der Beerdigung", antwortete Friedrich Kuhn um sogleich blitzschnell das Gehörte zu verarbeiten. Denn er kannte doch das Leben, und die angesichts des Todes recht feuchten Bräuche, die schon manchen bärenstarken Mann über Gebühr beansprucht hatten. Vorsichtshalber erkundigte er sich durchaus freundlich: „Kommt er noch wieder?"

Jetzt aber wurde Frau Behrens wegen dieser Neugierde stocksteif und gerade. Sichtlich unwirsch erteilte sie dem Stammtischfreund die beruhigende Auskunft: "Wird er wohl, ischa nich seine."

Der nette Wasserprüfer

Nach dem Tode ihres Ehemannes lebt sie ganz allein in der großen Wohnung im Parterre des Hauses. Anfangs war es wirklich schwer für sie, sie musste ihr Leben doch neu ordnen, alles regeln ohne ihn, auch die tägliche Traurigkeit überwinden. Langsam, im Laufe der Zeit, kommt sie nun immer besser zurecht, auch wenn die körperlichen Probleme massiv zunehmen. Doch sie weiß, ihr Sohn und die Schwiegertochter kümmern sich wöchentlich um sie und sind ihr eine große Hilfe.

Wirklich, die Beiden haben sich vom ersten Tag an Sorgen und Gedanken um die Mutter gemacht. Besonders um ihre Sicherheit. Immer wieder haben sie bei ihren wöchentlichen Besuchen mit der schon ein wenig starrsinnigen alten Dame, über mögliche Gefahren durch hinterhältige Einschleichbetrüger, die am Telefon oder an der Haustür unberechenbar sind, gesprochen. Wohl wissend dass alte Menschen gern als Opfer gewählt werden.

„Du darfst niemals Fremde ins Haus lassen und lege jedes mal unbedingt die Sicherungskette vor die Tür bevor du sie öffnest, denke daran, du bist ganz allein im Haus", immer und immer wieder haben sie es zu ihr gesagt. Du musst es dir ganz fest einprägen, kein Fremder darf das Haus betreten.

„Das braucht ihr mir nicht andauernd zu sagen", ich weiß schon was ich mache, noch bin ich klar im Kopf. Durchaus aggressiv klangen diese Worte.

„Ich hatte überhaupt nicht damit gerechnet. Freundlich und adrett sei er gewesen, der junge Mann der vor der Haustür stand. Gepflegt sah er aus und richtig nett hat er mir erklärt was er für ein Anliegen hätte", sagte die 92jährige drei Tage später total verwirrt und kleinlaut zu ihrer Schwiegertochter am Telefon.

Er müsse nur mal kurz das Leitungswasser prüfen, es dauert auch nicht lange, dieses sei aber ganz wichtig, hat er gesagt. Sie wisse doch wohl, dass vorn an der Hauptstraße die Baustelle ist, deshalb müsse er das Wasser prüfen. Diese Prüfung ist kostenlos, hat er auch noch gesagt. Natürlich habe ich ihm das geglaubt.

„Er hat sich doch so freundlich mit mir in der Küche unterhalten". „Und, wie ein Kavalier, hat er mir einen Stuhl am Küchentisch bereitgehalten, so dass ich immer aus dem Fenster schauen konnte".
„Es war sehr angenehm. Wir haben gemeinsam am Tisch gesessen während das Wasser aus dem Wasserhahn am Spülbecken lief ".
Dass ich aus Schlesien stamme habe ich ihm erzählt. Er fand das aufregend. „Ach ja, Schlesien würde ihn auch interessieren, sagte er, und er hätte sogar einen Freund dort. Immer wieder fragte er nach Schlesien. Es war sehr harmonisch, obwohl er zwischendurch zweimal aufgestanden ist um in das an die Haustür angrenzende Badezimmer zu

gehen. Er müsse auch dort unbedingt das Wasser prüfen. Es rauschte gewaltig in der Wohnung, anderweitige Geräusche übertönte das fließende Wasser.

„Dann hat er noch gesagt, dass ich mir wegen des Wasserverlustes keine Sorgen zu machen brauchte, das würde ich alles wieder ersetzt bekommen".
„Ich weiß gar nicht wie lange der bei mir war, es ist mir gar nicht bewusst geworden, weil er sich wirklich sehr angenehm mit mir unterhalten hat". Schließlich habe ich ihn noch zur Haustür gebracht, und da hat er sich noch ganz freundlich von mir verabschiedet und sogar bedankt: „Bei ihnen ist alles in Ordnung, sie haben aber Glück gehabt".

„Ja, und dann habe ich es bemerkt". „Ich wollte einkaufen gehen zu REWE und so ging ich zu meinem kleinen Schränkchen, du weißt schon, dass neben meinem Sessel steht, um mir etwas Geld aus dem Portemonnaie zu holen". „Was für einen Schrecken habe ich da bekommen". „Ich musste mich sofort erstmal hinsetzen, weil ich ganz weiche Beine bekommen habe". „Nicht ein Cent war mehr darin enthalten, meine kompletten Ersparnisse waren weg, Eintausend Euro, alles 50 Euro-Scheine".

„Ich kann es immer noch nicht begreifen, wer konnte denn das ahnen".

Im Osten

Nicht jeder hatte im Dorf das Glück, während des zweiten Weltkrieges neben seinem Leben auch seine Habe über die Bombennächte hinwegzuretten. Das Elend war groß.

Nun ist es aber nicht so, dass die Menschen schon alles vergessen hätten. Nein, beinahe täglich, und das zu jeder Tageszeit, wird über die furchtbaren, vergangenen Ereignisse gesprochen. Zu sehr waren doch auch sie, in diesem kleinen Dorf an der Wümme, davon betroffen, haben Angehörige, Häuser oder auch ihre Existenz durch Fliegerbomben verloren.
Jetzt 1947, normalisiert sich der Lebensrhythmus der Einwohner langsam wieder, dank einiger Bürger die das Leben positiv sehen. Auch die Kinder gehen wieder zur Schule, obwohl es an Lehrern mangelt.

Auch Helene, die hier im Dorf geboren wurde und auch aufgewachsen ist, gehörte zu jenen aktiven, positiven Menschen, die mithalfen, dass das Leben im Dorf wieder normal läuft. Hemdsärmelig in ihrer Art, stand sie den ganzen Tag in ihrem kleinen Laden, mitten im Dorf, der nicht nur Einkaufstätte, nein, auch Nachrichtenstelle für Dorfgeschichten war.
Weil ihr Mann noch nicht zurück und noch in

russischer Kriegsgefangenschaft ist, führte sie ihr Geschäft ganz allein. Hilfe bei ihrem schweren Alltag hatte sie nur von ihrer Mutter die sich um den Haushalt, den Garten und ihre beiden kleinen Mädchen kümmerte. Überarbeitet und müde steht sie deshalb oft hinter dem Ladentresen. Helene war halt, trotz ihres noch jungen Alters, im Dorf anerkannt.

Aber, und das hatte sich schon längst herumgesprochen, konnte Helene zuweilen auch recht unbequem werden, besonders wenn sie zu viel gefragt wurde. Nein, Fragen mochte sie überhaupt nicht. Manch einer weiß noch heute ein Lied davon zu singen und erinnert sich daran, wie ungemütlich sie werden konnte wenn sie sich durch die dauernde Fragerei nach ihrem Mann genervt fühlte.

Ach Helene, wie schön wäre es doch wenn dein Mann auch da wäre, er wird bestimmt bald kommen, zu zweit ist doch die Arbeit und das Leben viel leichter. Beinahe täglich bekommt sie das zu hören. Immer wieder fragen besorgte, oder vielleicht auch nur neugierige Kunden die junge Ladenbesitzerin nach dem Verbleib ihres Mannes. Ob sie denn schon etwas von ihm gehört habe und ob er bald aus der russischen Kriegsgefangenschaft heim käme. Wie oft hat sie das schon gehört. Sie kann es nicht mehr hören, möchte keine lästigen Erklärungen über den Verbleib ihres Mannes mehr abgeben.
Widerwillig und immer gleich lautend war deshalb

ihre kurze Antwort, nein.

Helenes Tochter Maria, die täglich nach der Schule im Geschäft helfen musste, hörte natürlich auch diese für die Mutter offensichtlich unangenehme und lästige Fragerei über den Verbleib ihres Mannes, und wunderte sich jedes mal über ihre Reaktion und die kurze, meist barsche Antwort. Gern würde sie wissen wollen worüber ihre Mutter sich so ärgerte.

Kunden waren gerade nicht im Geschäft. Diese Gelegenheit ist günstig, überlegte durchaus pfiffig die Kleine. Natürlich hatte sie Angst vor der Reaktion ihrer Mutter aber ihre Neugierde war stärker. Äußerst vorsichtig ging sie zu Werke, und fragte nach dem Verbleib ihres Vaters.

„Er ist bei den Russen", bekam sie kurz zur Antwort.
„Bei den Russen, wo sind denn die Russen"?
„Die Russen sind im Osten".
Helene war schon wieder wie angefasst. Äußerst widerwillig beantwortete sie ihrer Tochter diese Frage, es nervte sie unendlich.

„Im Osten, aber, und jetzt wurde Maria immer mutiger, wo ist denn Osten"?
„Osten ist von hier aus gesehen da wo im Dorf unsere Kirche steht", kurz nur war die Antwort!

Die Sache mit den Russen konnte sich Maria überhaupt nicht erklären. Sie ist total verunsichert.

Angst und Sorge vor den Russen ergriffen sie plötzlich.

Ich muss doch täglich auf meinem Schulweg an der Kirche vorbei, überlegte sie spontan. Es grauste ihr bei dem Gedanken.
Ängstlich schaute sie von da an vorsichtshalber, immer wenn sie an der Kirchhofsmauer vorbei kam, erst einmal um die Mauerecke, ob denn die Russen wohl dort seien!

Ihr Mann Walter kam nicht mehr aus dem Krieg zurück. Er ist 1946 in russischer Gefangenschaft verhungert.

Rumsteher

Seine Frau ist zum Kauf eines Geschenkes in die Stadt gefahren, mit der Straßenbahn.
„Du kannst dich ja mal in der Zwischenzeit um den Garten, um das Gemüsebeet, kümmern", sagte sie noch bei der Verabschiedung zu Herrn Behrens, ihrem Mann. „Das Unkraut steht dort höher als der Salat".
„Ich finde, fügt Frau Behrens noch an, wenn ich mich schon um das Geburtstagsgeschenk für deine Mutter kümmern muss, kannst du doch wenigstens für Ordnung im Garten sorgen".

Doch, er hat sich die Worte seiner Frau durchaus zu Herzen genommen, und wollte schon längst im Garten sein, aber er hat es beim Zeitung lesen überhaupt nicht bemerkt wie schnell die Zeit vergangen ist. Wirklich, er hat sich ganz schlimm erschrocken.
Und gerade als Herr Behrens so richtig den Auftrag seiner Frau erfüllen wollte, und er sich zum Nachdenken auf seinen Spaten stützte, den er mit Schwung in die gute Gartenerde gerammt hatte, bemerkte er die zwei Straßenbauarbeiter, genau ihm gegenüber, an der Ecke zu Meiers. Sie standen dort und guckten nur vor sich hin, ohne sich zu bewegen. Das heißt, die zwei machten sich überhaupt nicht zu schaffen. Sie standen da, auf ihre Schaufeln gestützt und gaben sich dem Anblick ihrer Baustelle hin. Nur gelegentlich bewegten sie leicht den Kopf, vielleicht um mal eine tiefsinnige Bemerkung zu machen.

Herr Behrens beobachtete sie dabei und entrüstete sich innerlich entsprechend über die Rumsteher.

Abrupt unterbrochen wurden seine Beobachtungen, als seine Frau vom Einkauf aus der Stadt zurückkehrte und wohl etwas befremdet zur Kenntnis nahm, dass sich am Zustand des Gemüsebeetes nichts geändert hatte.

"Na?" fragte sie freundlich, jedes weitere Wort bewusst vermeidend, als sie zu Herrn Behrens, ihrem Mann, trat. Ganz nah stand sie bei ihm und blickte nur wortlos auf das unveränderte Gemüsebeet.

Ohne Zeichen eines schlechten Gewissens, das er ja auch wirklich nicht haben musste, stemmte ihr tüchtiger Ehemann voller Empörung die Arme in die Hüften und legte vehement los: "Sieh dir diese zwei Kerle dahinten, diese Rumsteher mal an, die beobachte ich ja nun schon mindestens eine Stunde lang, und was meinst du wohl, was die in dieser Zeit getan haben? Nichts!"

Aufklärung

Obwohl es meistens unangenehm richt, besonders an warmen Tagen, schaut er ihnen bei ihrer Wühltätigkeit zu gern zu. Die Bunten Bentheimer Schweine, im Park, haben es Herrn Behrens ganz besonders angetan. Regungslos, oft über einen langen Zeitraum, steht er am großen Holzgatter und beobachtet die Rüsseltiere, die Muttersau und ihre acht kleinen Ferkel. Das possierliche der Kleinen ist allerdings inzwischen vorbei. Jetzt, nach einigen Lebenswochen, sind sie schon herangewachsen und im Halbstarkenalter.

Heute aber steht Herr Behrens nicht allein am Gatter. Seine beiden Enkel sind dabei, der siebenjährige Max und seine jüngere Schwester.

„Opa, unerwartet kam die Frage von Max, es gibt doch bei den Schweinen bestimmt auch Jungen und Mädchen, kannst du mir denn erklären wo dran man das bei den kleinen Ferkeln erkennen kann"? „Für mich sehen die nämlich alle gleich aus". „Natürlich", antwortet selbstbewusst Herr Behrens seinem Enkel. „Also Max, sagt er, du bist jetzt alt genug um zu wissen wie das mit den kleinen Schweinchen und dem Wunder des Lebens ist".

„Klasse", antwortete der Knabe.
Naja – ähh – also Max, das ist so, sagt Herr Behrens, und leise murmelt er vor sich hin,

verdammt ich krieg einfach die Kurve nicht.
„Also, Max, ähh, es gibt Ferkel die haben ein Schwänzchen, und das sind die Jungen. Und dann – weißt du – gibt es Schweinchen die haben kein Schwänzchen, sondern einen kleinen Schlitz - ähh – hmm - und die nennt man dann Sparschweine".

Kindermund

Sie alberten pausenlos herum. Langweilig war es den beiden an diesem Nachmittag überhaupt nicht.
Die Zeit verflog unbemerkt beim   Uno spielen. Später flochten sie sich gegenseitig   lustige Zöpfe. Anna   allerdings, die 6jährige Enkeltochter von Frau Behrens, tat sich beim Flechten schwer. Die doch schon sehr dünnen Haare   ihrer Oma rutschten ihr regelmäßig aus den Händen. Es wollte ihr kaum gelingen.
Dabei verging die Zeit wie im Fluge, sie bemerkten es gar nicht, dass   der Abend schon nahte. Und zwischendurch, nur so zur Übung, musste Anna einfache Rechenaufgaben lösen, damit sie zum Schulbeginn,   im August, einen guten Start hat, dachte sich Frau Behrens.

Natürlich fiel es ihr auf, dass   Anna während der wichtigen, kleinen Flechtpausen immer verstohlen ihre Hände betrachtete.
„Oma du musst dir aber unbedingt wieder einmal deine Fingernägel schneiden, die sind ja viel zu lang und zu spitz", erklärt sie plötzlich   sehr bestimmend.
„Aber warum denn, gefallen   dir meine Nägel nicht"? „Ich mag sie aber durchaus so leiden", freundlich lächelte Oma. „Weißt du Anna, wenn du einmal groß bist hast du bestimmt auch so lange

Fingernägel".

„Nein, ich werde nie so lange haben, sehr temperamentvoll klang ihre Antwort.

„Leise, ihre Stimme hatte sich plötzlich verändert, antwortete Anna, doch das wirst du gar nicht mehr sehen können".

„Wieso kann ich es dann nicht mehr sehen", fragte Frau Behrens.

„Na, das ist doch ganz klar, weil du dann bestimmt schon tot bist".

„Aber, Omi, dann schneide ich dir die Nägel ab".

Ein Wort danach

Das Beglückendste am Schreiben ist oft das überraschende Ergebnis.
Alle von mir in diesem Buch geschriebenen Geschichten haben einen wahren Hintergrund, der manchmal nur ein wenig verfeinert wurde.

Ganz besonders möchte ich mich bei Herrn Jürgen Tiews, für die historischen Bilder von Usedom und für seine Erlaubnis die Geschichte seiner Flucht über die Ostsee zu veröffentlichen, bedanken.

Frau Grete Ullrich danke ich herzlich für ihre historischen Aufnahmen von Kuhsiel und dass ich über ihre Familie schreiben durfte.

Bremen, im Juli 2014